साझा काव्य संग्रह

काव्य मंजरी

संपादिका

सुप्रिया पाठक 'रानू'

प्राची डिजिटल पब्लिकेशन
उधम सिंह नगर, उत्तराखंड

Book   : Kavya Manjari

Editor   : Supriya Pathak 'Ranu'

Edition   : 1st (June, 2021)

ISBN   : 978-8195046317

© Composition Authoress

Published by

Regd. Add.: 254, Khuriyakhatta No. 10, Bindukhatta,
Lalkuan, Nainital - 262402, Uttarakhand, India
Website : www.prachidigital.in
E-mail : info@prachidigital.in
Contact : +91-976041-7980, 976041-8103

Printed by :

Manipal Technologies Limited, Manipal - 576104, Karnataka

अनुक्रमणिका

संपादकीय...

"काव्य मंजरी" में स्वागत है, आप सभी पाठकों का काव्य की
इन कोमल नई कोंपलों मंजरियों से सुसज्जित उपवन में।
जब हृदय अहं की भावना का परित्याग कर के अनुभूती मात्र रह जाता है,
तब वह मुक्त हृदय हो जाता है, हृदय की मुक्ति की इस साधना के लिए
मनुष्य की वाणी जो शब्द विधान करती आई है उसे काव्य कहते हैं।
कविता मनुष्य को स्वार्थ संबंधों के संकुचित घेरे से ऊपर उठाती है,
और शेष सृष्टि से रागात्मक सम्बंध जोड़ने में सहायक होती है।

काव्य का प्रयोजन :

मम्मट ने काव्य के छ: प्रयोजन बताये हैं–

काव्यं यशसे अर्थकृते व्यवहारविदे शिवेतरक्षतये।
सद्य : परनिर्वृतये कान्तासम्मिततयोपदेशयुजे ॥

(काव्य यश और धन के लिये होता है। इससे लोक-व्यवहार की शिक्षा मिलती है।
अमंगल दूर हो जाता है। काव्य से परम शान्ति मिलती है और कविता से कान्ता के समान

उपदेश ग्रहण करने का अवसर मिलता है।)

काव्य के विविध स्वरूपों को समाये हुए प्राची डिजिटल पब्लिकेशन के माध्यम से प्रस्तुत है, एक नया साझा संग्रह 'काव्य मंजरी'। आभार प्रकाशन समूह का जो संपादन का अवसर मिला मुझे और सभी रचनाकारों का भी जिनकी इतनी अच्छी रचनाओं का आस्वादन एवं उनके उदार व्यवहार से परिचित हुई मैं, आभार सबके सहयोग के लिए और शुभकामनाएं सबके उज्जवल, सुखमय भविष्य के लिए।

यह अंक लेखिकाओं का संकलन है। स्त्रियां जो कह न पाती हैं अपने मन की बात कभी पिता की लाज, कभी भाई का सम्मान, कभी ससुराल और पति की इज्जत, कभी बेटे पोतों का प्यार, वो न तो अपनी जरूरते बताती है ना अपने मन की बात, लेखन एक माध्यम है जहां सबने अपने मन की गांठे खोल पाती है। जो एहसास समाज परिवेश और अपने आसपास के वातावरण से मिला सभी रचनाकारों ने उसे शब्दों में पिरोया और न जाने कितने रंगों की मोतियों को इक्कठा कर के बना यह सुंदर हार प्रस्तुत है पाठकों के सम्मुख। बहुत सारे रचनाकार पारंगत हैं और तो कइयों ने अभी इस सफर की शुरुवात की है, कई लिखती आ रहीं, संजोती आ रही सालों से, आज वह पिटारा खुला है, प्रकाशन समूह को सादर आभार, की इस साझा काव्य संग्रह में सबको मौका मिला है, और सबके स्वप्न साकार हुए। अक्सर अपने मन को हल्का करने के लिए ही कितने लोग कलम थामते हैं, लेकिन उन्हें एक पटल मिल जाये तो दोगुने उत्साह से वो सारी भवनाएं शब्दों में पिरोते हैं प्रकाशन समूह ने यही उत्साह बढ़ाया है सबका सभी रचनाकारों को भी अनेकों बधाई।

संकलन में काव्य की विभिन्न विधाओं से आप सम्मुख होंगे, जहां छंदमुक्त रचनाओं की संख्या ज्यादा है, वहीं कुछ छंदबद्ध रचनाओं ने भी अपना स्थान बनाया है, घनाक्षरी तो कुछ हाइकु, तो कुछ रचनाएँ समसामयिकी हैं। कुछ पीढ़ियों से चली आ रही परंपराएं, तो कुछ समाजिक तत्वों पर आधारित विविध कुसुम से बना एक गुलदस्ता है यह संग्रह।

इस संग्रह की सबसे बड़ी खासियत यह है कि यह विपरीत परिस्थिति में संपादित और संग्रहित हुआ, कोरोना काल के मध्य जहां चारों तरह निराशा, शोक, भय का माहौल है, ऐसे में इस काव्य संग्रह का संकलन और संपादन सभी सदस्यों के लिए नव ऊर्जा संचार का माध्यम बन रहा है। हम वर्तमान की स्थिति से एक नियत समय पर ही उबर सकते हैं, लेकिन रचनात्मकता सदा आशा उम्मीद और ऊर्जा का संचार करती है सो यह संकलन काफी

महत्वपूर्ण रहा विकट परिस्थितियों में एक सम्बल बना रहा।

आभार प्रकाशन समूह का और सभी समान्नित रचनाकारों का सबके सहयोग से यह संकलन तैयार है और आप सभी पाठकों के सम्मुख है।

और आखिर में जगदीश गुप्त जी के शब्दों में

कवि वही जो अकथनीय कहे,
किंतु सारी मुखरता के बीच मौन रहे,
शब्द गुंथे स्वयं अपने गूथने पर,
कभी रीझे कभी खीझे कभी बोल सहे
कवि वही जो अकथनीय कहे।।

सुप्रिया पाठक 'रानू'
(संपादिका)

सुप्रिया पाठक 'रानू'

व्यक्तिगत परिचय

जन्म तिथि	:	02 जनवरी, 1989
जन्म स्थान	:	गोपालगंज
पिता	:	श्री दीनानाथ पाण्डेय
माता	:	स्मृति शेष निर्मला पाण्डेय
पति	:	पाठक प्रीतेश कुमार पीयूष
शिक्षा	:	स्नातकोत्तर (पर्यावरण विज्ञान), स्नातकोत्तर (प्राणी विज्ञान), बी.एड
साझा कृतियाँ	:	अनुभूति, अनामिका, कस्तूरी सुगन्ध (साझा काव्य संग्रह)
लेखन विधा	:	अध्ययन के दौरान ही निबंध और कहानियों की ओर झुकाव हुआ, धीरे धीरे मन नियमों में बंधना चाहा और छंदबद्ध लेखन के प्रयास में भी जुड़ गया, लघुकथा, आलेख, संस्मरण इस यात्रा में जुड़ते गए और सम्पूर्ण अनुभव को सार में कहें तो विधाएं जिनमे प्रयास रहा : छंदमुक्त काव्य, निबंध, लघुकथा, कहानी, संस्मरण, आलेख, छंदबद्ध और हाइकू …प्रयास जारी है….।
सम्मान	:	अनुभूति सम्मान, अनामिका सम्मान, विज्ञान प्रसार से राष्ट्रीय लेख प्रतियोगिता पुरस्कार।
ब्लॉग	:	http://ranusupu.blogspot.com
सम्पर्क	:	ग़ाज़ियाबाद उत्तर प्रदेश
ईमेल	:	ranusupu@gmail.com
फ़ोन	:	7503282391, 7635009196

ये कौन सा वक़्त आया है।

वक़्त का कहर है, या
हम सब का ही बोया ज़हर है
है जहां में हर कोई परेशां
ये काली भयावह लम्बी
महामारी वाली रात का,
क्या कोई सहर है।।
एक छींक आने पर भी
पूरा परिवार सिहर उठता था जहां,
अपनो के मौत पर भी खड़ा है कोई कहाँ,
विडंबना यह प्रकृति का दिया है,
या सब हमारे व्यवहारों का किया है,
हक़ मुखाग्नि का भी बेटों से वक़्त ने छीन लिया है।
सियासत को दोष दें, लापरवाही कहें,
इंसान का रचा ही जैविक युद्ध कहें,
या फिर प्रकृति की तबाही कहें,
ऑक्सीजन से भरे वातावरण में भी
लोग ऑक्सीजन के बिना मर रहे हैं,
कितना लाचार बना दिया है इस महामारी ने ईसाँ को,
अपनो की ही देख रेख न अपने कर रहे हैं,
न जाने कितनों को निगल जाएगी ये,
पसरा है ये सन्नाटा और दुख का आलम
न जाने कितने जीवन को बदल जाएगी ये,
ईश्वर से यही है नित आराधन,
दूर करे यह चिंतन
और दूर करे यह क्षण
हो विनाश इस महामारी का

दूर हो ये लम्हा लोगो की लाचारी का,
सब फिर से हंसते खेलते
एक दूसरे के गले लग पाएं,
हमारी वो खिलखिलाती धरती
फिर से प्रेम में हरी भरी हो जाये।

© कवयित्री / सुप्रिया पाठक "रानू"

आत्मबोध

खुद ही लिखनी, खुद की कहानी है,

भूत, वर्तमान, भविष्य सब

अपनी ही जुबानी।।

गुत्थियां सुलझानी है, जीवन के रहस्य से,

मोह में डूबा यह जग सारा,

व्यर्थ का छिछला किनारा,

पार रक भवसागर को है,

स्व के ही सामर्थ्य पर,

खुद ही उठाना है बोझ अपना

खुद ही खुद की नाव चलानी है,

खुद ही लिखनी, खुद की कहानी है।।

हर कदम पर ज़िन्दगी,

यह मंत्र बता गयी,

अपने मेहनत के बल पर

बनानी है अपनी दुनिया नई,

हर आँधी यह सिखलाती है,

बनाओ नित नीड़ नए

न जाने जीवन की आँधी में टूटने हैं कई,

जिम्मेवारियां कंधे की सारी खुद ही निभानी है

की खुद ही लिखनी खुद की कहानी है।।

हर रिश्ते में छुपा है छल,

आज जो तेरे अपने हैं होंगे पराये वो कल,

रोशनी में साथ तेरे है जहां सदा,

छोड़ देगी साथ परछाई भी,

आ जाये सम्मुख जब अंधेरों की आपदा,
की खुद ही गहरे काले रातों में
उठ के दीप जलानी है,
की खुद ही लिखनी खुद की कहानी है।।

© कवयित्री / सुप्रिया पाठक "रानू"

तुम्हारी छाया

मेरा अस्तित्व मेरी पहचान
मेरा शरीर मेरा नाम
तुम जैसा तुम्हारी प्रतिछाया हूँ
माँ जीवन मे मेरे
तुम देह और उस देह से बनने वाली छाया हूँ मैं...

तुमसे तुमसी जनि,
तुमसे तुमसी बनी,
जीवन संघर्षों में तपी,
तपकर कुंदन में ढली,
तुमने जना था सोना
तभी तो आज मतलब रखता
है मेरे इस जीवन का होना,
तुमसी बनी तुम्हारी काया हूँ मैं,
तुम देह, और उस देह से बननेवाली छाया हूँ मैं...

तुमसे सीखा दुख में हँसना,
और सुख को चुपचाप तकना,
तुमसे जाना कभी चुपचाप सामाजिक नियमो को मान जाना
तो कभी अपनी घुटन पर आवाज उठाना,
मैं भिन्न नही नारी से,
वही सामाजिक जाल में उलझी
नारी की माया हूँ,
तुम देह और उस देह से बनने वाली छाया हूँ...

© कवयित्री / सुप्रिया पाठक "रानू"

नंगा सच

भरे पूरे कपड़ों में
सजा धजा झूठ
सुंदर आकर्षक
मनमोहक और
परम प्रेम का परिचायक बना
वकपटुताओं की पराकाष्ठा पार करता
दिखावे की दुनिया मे लिप्त झूठ,
मात दे देता है क्षण भर को
और कभी कभी दीर्घकाल तक
नग्न, कड़वे, आडंबरों से मुक्त
खरे, सच को अक्सर...
पर सच अपनी बदसूरती को
थामे अपनी नग्नता पर बिना शर्मिंदा हुए
दृढ़ता से बेशर्म की तरह अड़ा रहता है,
गलत साबित होकर भी,
सही होने की आस में पड़ा रहता है,
झूठ बनता है इतराता है,
और हर बार पग पग पर
सच को नीचा दिखाता है,
सच संयम रख कर धैर्य को
मन से बांध कर चुपचाप खड़ा रहता है,
और फिर वक्त के करामात होते हैं
अजूबे अजूबे
जो भी है झूठ में डूबे,
तर आते हैं पानी के ऊपर
जैसे बिना जान के मुर्दा होता है,

घुट घुट के ही सही जिया पर
आखिर तक सच ही जिंदा होता है,
और बादल सारे दिखावे के छंट जाते है,
सच जिनके भी दामन से बंधा हो,
वो सितारों की तरह आसमान में उभर आते हैं,
तो भूल से भी दिखावे के झूठ का दामन न थामिए,
बेशर्म बेहया, और बिंदास बनिये
सच से तौलिये खुद को और सच से ही चलिए ..
झूठ की सारी चमक धूल जाएगी
आखिर में सच की सफेदी ही काम आएगी ...

© कवयित्री / सुप्रिया पाठक "रानू"

गर्भपात : एक अंत : व्यथा

न जला पायी न दफना पायी,

तुमने जन्म भी नही लिया,

और मृत्यु के ग्रास में समा गए,

सोच कर सोचती रह जाती हूँ,

शब्दों में अपनी व्यथा न कह पाती हूँ,

वो जो सपने और उम्मीदें थी तुमसे जुड़ गई

कैसे तोड़ दूँ उनकी एक एक कड़ी,

लगा के फिर कोई उम्मीद नई ।

अभी का दौर और जीव विज्ञान की पढ़ाई,

तुम्हारे पल पल की वृद्धि की खबर मैं रख पाई,

आज वही अंतर्द्वंद की स्थिति है,

टुकड़ो और बूंदो में देखना तुम्हे ही परिस्थिति है

मन व्यथित होके बस इतना ही कह पता है,

न जला पायी न दफना पायी,

बून्द बून्द रक्त से सींचा था जैसे,

वैसे ही बून्द बून्द तुम्हारे अस्तित्व को बहा पायी ।

कैसे कह दूं कि तुम मेरे थे ही नही,

और कैसे मान लूं की यह नियति का खेल है,

कहीं न कहीं मेरी ही कोई गलती रही होगी

जो एक नन्ही जान के विकसित दौर को न बचा पायी ।

अंत : व्यथा के ये अनगिनत पहलू कोई न समझ पायेगा,

गलती होगी कोई तुममे यही हर कोई कह पायेगा,

पर एक माँ का ही मन जानता है

वो जन्म के पश्चात नही अपितु

गर्भधान से ही माँ बन जाती है,

कोइ दिखता भी नही और वो उसके सपने सजाती है,

दुविधा बस यही मन को सता गयी
तुम्हे देखा भी नही और तुमसे दूर हो गयी।
न जला पायी न दफना पायी,
ऐसी अभागन माँ है जो माँ वही न कहला पायी।

© कवयित्री / सुप्रिया पाठक "रानू"

लिखूं अगर समझ पाओ तो

मैं लिख दूँ अपने दिल की तमाम बातें
अगर तुम समझ पाओ तो,
डूब सको मेरी भावनाओं में,
शब्दों में छुपे भाव पढ़ पाओ तो,
मैं लिख दूँ अपने दिल की तमाम बातें,
कह दूँ सारे दर्द,
अगर मेरे शब्दों में छुपे
आँसू छलक जाएं तुम्हारे आंखों में,
भर दूँ अपनी सारी मुस्कुराहटें शब्दों में
अगर वो तुम्हारे अधरों पर बिखर जाएं तो,
शब्दों में छुपे भाव पढ़ पाओ तो . . .
वो सब बातें जो मैं सम्मुख हो कह नही पाती,
शब्दों में उतार दूँ,
अगर तुम मौन हो सब मेरे मन से समझ सको तो,
वो सारी बंदिशे तोड़ आऊं,
अगर तुम बेझिझक मेरा हाथ थाम पाओ तो,
शब्दों में छुपे भाव पढ़ पाओ तो . . .
मैं शब्दों में लगा के पर उड़ आऊँ
खुले आसमान में अगर तुम मेरी उड़ान समझ पाओ तो,
मैं शब्दों में खुल के साँसे ले पाऊं,
अगर तुममेर विस्तार समझ पाओ तो,
मैं जी लूँगी एक मनचाही से ज़िन्दगी
अगर तुम मेरे शब्द समझ पाओ तो ..
शब्द में छुपे भाव पढ़ पाओ तो ..

© कवयित्री / सुप्रिया पाठक "रानू"

तुम गाओ मैं सुनती जाऊं

तुम गाओ मैं सुनती जाउँ
शब्दों के दरिया में,
बनकर तृण-तृण कण-कण
बहती जाउँ, घुलती जाउँ
तुम गाओ, मैं सुनती जाउँ ।
तुम्हारे भावनाओं के सागर में,
बनकर मैं अनुभूतियों की लहर
उठती जाउँ गिरती जाउँ
कल –कल बहती जाउँ
तुम गाओ ....
तुम बाँह पसारे उन्मुक्त आकाश
मैं बन के शीतल बयार
सन – सन सी बहती जाउँ
तन मन सब शीतल कर जाउँ
तुम गाओ ....
तुम पर्वतों पठारों
से विशाल खड़े
मैं झरने की मीठी
पानी छन – छन कर
गिरती जाउँ
तुम गाओ
तुम देह रूपी मैं प्राण बन
उसमे बस जाउँ
तुम गाओ ....

हौसला ही तो है

अभी मेरे कान नाक और आंखे भी ढंग से न बनी थी,

धड़कने धीरे धीरे चल रही थी,

अभी मैं बन ही रही थी,

की माँ के गर्भ से बाहर

कुछ हलचले चल रही थी,

सब जानना चाहते थे कि

मैं गुड़िया हूँ या कुलदीपक,

माँ कहती हैं कि

बड़ी मुश्किल से बचा लिया मुझे,

दुनिया मे आयी

रंगबिरंगे लोग, सोच दायरे

सपने न जाने कितनी चीजें

देखी धीरे धीरे जीवन

के पड़ावों को पार करती रही,

आधुनिकता के बदलते आयामों के साथ,

रूढ़िवादिता और सामाजिक दायरों

का सामंजस्य करते रही

कभी सपनो को मार दिया कभी

सबकी मनमानी को सपनो के लिए मार दिया

आज उसी मोड़ के खड़ी हूँ

कोख में लिए एक नन्ही जान को

जो कहती है कि मुझे आना है दुनिया मे

और दुनिया जो मेरे आसपास है वो कह रही

नही आना है उसे दुनिया मे,

लेकिन मैं भी माँ की तरह

खुद को खड़ी किये हूँ दीवार बनाकर,

माना बदल गया है ज़माना,
लेकिन दबे छुपे चल रहे है
वही पुराना ताना बाना,
और आज नन्ही गुड़िया आयी है आँगन,
माँ तुम्हारी ही बेटी हूँ,
मन कहता है जैसे मैने जिया,
ये नन्ही कली भी जियेगी
और न जाने कितने ऐसे ही
किलकारियां जियेंगी बस
कर के देखिए मन को मजबूत
क्योंकि
हौसला ही तो है ..
जो जीवन को जीवन बनाता है,
असंभव लगने वाले भी
काम संभव कराता है ..,
हौसला ही तो है ....

© कवयित्री / सुप्रिया पाठक "रानू"

अंजनी शर्मा 'अमृता'

व्यक्तिगत परिचय

पिता का नाम	:	श्री रामकुमार शर्मा
माता का नाम	:	श्रीमती सावित्री शर्मा
पति का नाम	:	श्री सुभाष शर्मा
पता	:	गुरुग्राम हरियाणा
दूरभाष	:	8920887440, 8595544292, 990416444

शिक्षा : स्नात क(हिंदी विशेष), परास्नातक प्रतिष्ठा (हिंदी विशेष), परास्नातक प्रतिष्ठा (शिक्षा विशेष), बी .एड, एम .एड, शोधरत (पी .एच .डी), स्नातकोत्तर राज्य स्तरीय परीक्षा उत्तीर्ण (पी .जी .टी हिंदी टेट) ।

सम्प्रति : प्रशिक्षित स्नातकोत्तरीय हिंदी शिक्षिका, संगणक व भाषा तकनीकी प्रशिक्षिका, कवयित्री, लेखिका, उपसंपादक (सामयिक परिवेश हिंदी पत्रिका हरियाणा अध्याय, गद्य अध्यक्ष (अग्रसर मंच, कोटपुतली) सचिव (सोशल मीडिया मंच), राष्ट्रीय भाषा सेवा संघ, राष्ट्रवादी लेखक संघ संस्था की मुख्य सदस्या, 'आरंभ उद्घोष कनाडा विश्व हिंदी संस्थान की मुख्य सदस्या व हिंदी सेवी व प्रचारक ।

रचना प्रकाशन : अग्रसर राष्ट्रीय पत्रिका में कविताएं –मैं भी जिंदा हूँ, हृदयानुरागिनी सहित अन्य कई रचनाएं प्रकाशित ।

प्रकाशित कृतियाँ : '2 अक्टूबर ', पाँचजन्य काव्य प्रसून, साहित्य मंजरी, स्वदेश प्रेम (सभी साझा संकलन हैं) ।

सम्मान : साहित्य के क्षेत्र में अब तक आँचलिक, राज्य एवं राष्ट्रीय स्तर के सैंकड़ो सम्मान एवं उपाधियाँ प्राप्त हो चुकें है ।

याद

नज़र भी लाचार नज़र आई।
जब -जब तेरी याद गहराई।।
करवट बदली हर लम्हे ने।
मगर तेरी तिश्नगी की चादर ओढ़े रही तन्हाई।।

ग़म-ए-जुदाई का दस्तूर ये कैसा है?
तड़पन की बदली रह-रह के घिर आई।।
बिन तेरे कुछ नहीं मैं...
इसकी ख़बर ही ना तिरे दिल को आई।

तड़प का चलता रहा बेख़ौफ़ कारवाँ।
जहाँ मिरे को घेरती रही तन्हाई।।
आज भी इस बस्ती-ए-मकाँ का नादाँ परिंदा
गुम है उसी सैलाब में।
क्यूँ होश खोती है तन्हा तन्हाई।।

क्यूँ ना करार कर सकी इस दिल के दर्द का 'अमृता'।
गुज़रते लम्हे की हर साँस ये सवाल पूछे कन्हाई।।

स्मृति

वो है मेरे ज़हन में इबादत की तरह।
उदासी पर तबस्सुम की छुअन की तरह।।
तन्हाई में पुरसोज़ तरन्नुम की तरह।
तु स्मृति ही तो है किसी पैगंबर की तरह।।
जब भी खाली होती हूँ, तू ही लबालब भरती है।
सेहरा में भी खिलती किसी गुल की तरह।।
महसूस करती हूँ जब भी शिद्दत से तुझे।
दुनिया सिमट जाती है किसी ख़्वाब की तरह।।
आईना बन रू-ब-रू होता मेरा अक्स मुझ ही में।
वज़ूद मेरा निखरता रहता किसी तराने की तरह।।
कभी तू आती शिकवे की तरह।
बिन बादल होती बरसात की तरह।।
सिसकी बन उठती दबी –सी आह की तरह।
हिसाब का पड़ाव ही न देखा कभी।।
जब भी आई बेहिसाब सैलाब की तरह।।
हाँ तू है मेरे ज़हन में इबादत की तरह।।

© कवयित्री / अंजनी शर्मा 'अमृता'

पल्लवित अभिलाषा

नहीं चाह दूर नील गगन में जाने की,
अभिलाष धरा पर संस्कृत लहू बन जाने की।
नहीं चाह स्वर्णिम सिक्कों की खनक में गुम हो जाने की,
केवल अभिलाष सभी के हिय में बस जाने की।
नहीं चाह शिलान्यास पर आ जाने की,
चाह यही जनमानस में रच –बस जाने की।
नहीं चाह वैभव संपदा की चकाचौंध में लुप्त हो जाने की,
चाह यही असीमित प्यार लुटाने की।
नहीं चाह अमर्त्य बन अमर हो जाने की,
चाह यही धरा पर जल बन बरस जाने की।
नहीं चाह किसी शक्ति को अपनाने की,
चाह यही प्रकृतिमय हो जाने की।
नहीं चाह भव कानन में केहरी बन जाने की,
चाह यही आत्म मुक्त हो जाने की।
नहीं चाह नश्वर प्रलोभन में डूब जाने की,
चाह यही ईश चरणों में मन मगन हो जाने की।
नहीं चाह प्रेम में आदर्श बन जाने की,
चाह यही दीवानी –सी मेरा हो जाने की।
नहीं चाह उन्मुक्त प्रेम में जीत जाने की,
अभिलाष यही कृष्णमय हो जाने की।
चाह नहीं गोपी हो जाने की,
बस चाह यही मन वृंदावन हो जाने की।।

© कवयित्री / अंजनी शर्मा 'अमृता'

बाज़ीगर

दांव पर दांव लगता है यहाँ,
शतरंज की बाजीयों में झूलता यह जहां।
करता जो निर्निमेष लक्ष्य संधान,
अरे रचता वही तो नित नूतन परिधान।
हार कर भी अडिग बन संघर्ष को थरथराता,
हां वही तो निर्भय बाज़ीगर कहलाता।

अस्तित्व को पनपाता,
गमों को धुएं में उड़ा,
हर चाल को उलटाता।
अश्कों को हंसी में उड़ा,
हां वही तो निर्भय बाज़ीगर कह लाता।

पल-पल ईश की अनुभूति कराता,
अश्कों की नौका पर मोहब्बत के तराने गाता।
अधूरे को मुकम्मल बनाता,
तकदीर का पन्ना पलटता जाता।
हर हाल में सिर्फ मुस्कुराता,
हां वही तो निर्भय बाजीगर कहलाता।।

© कवयित्री / अंजनी शर्मा 'अमृता'

विज्ञान

संस्कृति के इतिहास में नव, दिनकर उत्थान हुआ।

जब मनुज के करतल पर, आबंटित प्रज्ज्वल विज्ञान हुआ।

अंधकार पर प्रकाश तरंग का अभूतपूर्व प्रसार हुआ,

ओह!पुण्य धरा पर चमत्कार का विहसित श्रृंगार हुआ।

विकास अश्व पर सुनहरे भविष्य का एकाधिकार हुआ,

प्रतिपल सौंदर्य व नवीनीकरण का चहुँमुखी विस्तार हुआ।

पहलू एक नहीं द्विपक्ष भी शनै:शनै:तैयार हुआ,

संभल!मनुज क्रोड़ में भक्षक बीज का भी प्रसार हुआ।

अपूर्ण विज्ञान की सत्ता, हर बार इस पर अध्यात्म भारी।

क्यों न संगम कर तू इसका, तब संसार कण कहेगा......

वाह!अमिट शक्ति पुंज से सरोबार हुआ।

रूढ़िवाद उखाड़ धन्य विवेक,

परमार्थ सजग बार-बार हुआ।

आस्था व तर्क का अद्भुत सामंजस्य,

aजग में दिव्य यह संसार हुआ।

स्वस्थ सृजन हर क्षण चहुँ ओर,

पुरुषार्थ जीवनाधार हुआ।

नव पल्लव पुलकित, थिरके यौवन।

अनुभव कहे कि हाँ धन्य मैं अबकी बार हुआ।

धर्म व विज्ञान समन्वय सर्वोपरि सृष्टि कल्याणाधार हुआ।

चक्षु प्रतीक्षारत क्षण-क्षण 'अमृता'

इस स्वप्न का यथार्थ रूपायन हो।

धैर्य कूल की कड़ी को ...प्रतिक्षण स्पर्श करता हुआ.....

प्रतिक्षण स्पर्श करता हुआ।।

मौन निमंत्रण

कुछ ठहरता- सा दिखा।

कुछ बहता- सा दिखा।।

रंग भर कर कोई कूची में।

कला का लिबास ओढ़ता- सा दिखा।।

घनाली, तरु, अविचल, जलराशि।

सब कुछ हैरान कर रहीं।।

जिगर पर मदहोशी का आलम गहराता-सा दिखा।।

यह मौन निमंत्रण असीम का।

खुशनुमा दौर की शुरुआत-सा दिखा।।

गुम होती सादगी पर।

नया श्रृंगार फबता -सा दिखा।।

खामोशियाँ है या तरन्नुम ख़ुदी की पहचान का।

ओह! सजदा हर ज़र्रा हर साँस करता- सा दिखा।।

पनाह में कायनात अजब रहस्य।

हर कदम पर चहुँ ओर भेद- सा दिखा।।

जहाँ रोज़ साजिशों के भँवर में आदम फँसता- सा दिखा।

यहाँ राहतों की बस्ती में ग़ुरूर खोता-सा दिखा।।

बेचैनियों, बदगुमानियों के साए में।

सुकून -ए-मंज़र ज़ाहिर होता -सा दिखा।।

व्यापारों के सैलाब से दूर

दिल का दिल में आफ़ताब रोशन होता- सा दिखा।

हाँ मनुज पहचान उस रहनुमां को।

जिसे हर साँस तू भूलता-सा दिखा।।

सुंदरता क्शिश का लिबास ओढ़े अमृता।

उस पाक़ नज़र का अज़ीमोशान पहरा-सा दिखा।।

मंज़र

भीतर एक आह दबी –सी
कुचलती मंशाएँ…हर ओर हैं।
घर पर लाशें, बाहर लाशें,
तांडव हो रहा चहुँ ओर है।
अदृश्य काल मंडरा रहा,
धीमी दस्तक देकर मचाता शोर है।
देखो शमशानों में कैसी बारात सज रही,
रात कब हो रही, कब हो रही है भोर है।
रिवाज़ टँगते सूली पर,
बस सन्नाटे पसरे हर ओर हैं।
ख़ौफ़ के दरिया में ग़ुमी जा रही सुनहरी ख़्वाहिशें,
साँस घुटती पल–पल जो दौर है।
हर कूचे, शहर मातम पसरा मेरे ख़ुदा,
बंदा सच को समझा या खाता बदकिस्मती का कौर है।
बेअक्ल ख़ुदा बना फ़िरता था.....
नहीं जाना परवरदिगार के हाथों में जहाँ की डोर है।

© कवयित्री / अंजनी शर्मा 'अमृता'

नववर्ष की शुभकामनाएँ

आओ नूतन उत्थान करें।
नव दीप जला प्रेमगान करें।।
इस जीवन रंगमंच पर जुड़ रहा एक और अध्याय है।
चहुँ ओर उल्लास का फैलता उजियारा.. ,
प्रसन्नता का मधुमास है।।
आओ नूतन उत्थान करें।
नव दीप जला प्रेमगान करें।।
नव प्रात, उमंग, नव आस लिए है।
पुरातन का अवसान और,
नवयुग का अनुपम सोम है।
बेबसी, रंज, रुआँसी हवा का रुख़ कहीं ओर है।
छिपी अभिलाषाएँ, कामनाएँ पुरज़ोर हैं।
आओ नूतन उत्थान करें।
नव दीप जला प्रेमगान करें।।
दग्ध हृदय, तप्त श्वासों को लिए यह वर्ष देखो जा रहा।
नूतन आशाओं का सैलाब फ़िर से आ रहा।
तिमिर का अवसान घना रहा।
उजालों का घन घिर –घिर फिर छा रहा।।
आओ नूतन उत्थान करें।
नव दीप जला प्रेमगान करें।।
आओ फिर मुस्कुराहटों को हृदय में स्थान दें।
तप्त हृदयों में शीतल प्राण भरें।
आओ नूतन उत्थान करें।
नव दीप जला प्रेमगान करें।।

© कवयित्री / अंजनी शर्मा 'अमृता'

सावन धारा

आज फिर कुछ लिख रही हूँ मैं कि बूंदों के तसव्वुर में खो रही हूँ मैं।

मधुमास का आज पैगाम आया है, कि सावन ज़रा फिर झूम के आया है।

प्यासी धरा का अरमान आया है, भावनाओं के दरिया में तूफान आया है।

अश्रु-सा मधु पराग लुटाता, मन मयूर को हर पल बहकाता।

नस-नस उद्वेलित कर, चहुँ ओर प्रसन्नता लुटाता।

तंग साँसों को थोड़ी नमी तो मिली,

प्यासी रुह को जैसे नियामत- सी मिली।

ए -दोस्त खुश्क हवाओं का रुख बदला -सा लगता है,

माहौल कुछ जिंदा- जिंदा सा लगता है।

मृत होता जीवन चेतन- सा लगता है,

शाख- शाख, पत्ता- पत्ता यों खिल गया।

ज्यों शिशु का शैशव पल-पल बहल गया,

सौंधी महक की चादर ओढ़ किया धरा ने मद श्रृंगार

हरित प्रकृति की मनोहरता का कर रहा मन बारंबार दीदार,

मदांध गर्द की भी फितरत बदल गई।

बूंद जब जब पड़ी, सर से गिर पाँव में लिपट गई,

गुम हो जाने दे इस खुश्क परिंदे को यहाँ।

कि रूमानियत का दौर चल पड़ा है,

मझधार में फँसा आदम फिर ज़िन्दगी को खोज चला है।

बस्ती -बस्ती मकाँ- मकाँ क्यूँ धुआँ -धुआँ -सा लगता है,

कि खुद की ही बस्ती में आदम अजनबी- सा लगता है।

ए- बारिश धो दे इस कदर दाग़ इस तस्वीर के भी,

कि लौट आए फिर आब इसकी।।

अनुराधा चौहान

जन्मस्थली	: ग्वालियर(म .प्र) वर्तमान निवास स्थान(मुंबई महाराष्ट्र) है। बचपन से साहित्य में रुचि रही है। साहित्य सेवा ही जीवन का उद्देश्य है।
शिक्षा	: स्नातक
संप्रति	: गृहणी और लेखिका।
लेखन विद्या	: गद्य और पद्य दोनों ही विधाओं में लेखन जारी है। छंद, छंद मुक्त कविता, कहानी, लघुकथाएं, धारावाहिक, हाइकु और हाइबन विधाओं में लेखन।
प्रकाशित पुस्तकें	: कुण्डलियाँ बोलती हैं, काव्य-मंजरी, फिदा ए वतन गीत शहादत के, विज्ञात नवगीत संग्रह, कहानियाँ (साझा संग्रह) और अनुभूति (साझा संग्रह), अनामिका (साझा संग्रह), विज्ञात बैरी छंद, गुंजन हाइकु (साझा संग्रह), गीत गूँजते हैं, विज्ञात के साक्षात्कार साझा संग्रह, नारी तू अपराजिता (महिला प्रधान साझा काव्य संग्रह)।
सम्मान	: कुण्डलियाँ शतकवीर, सोरठा शतकवीर, प्रतिलिपि प्रतियोगिता में कई सम्मान पत्र, इसके अलावा कई साहित्यिक समूह से सम्मान पत्र मिल चुके हैं।
अन्य	: विभिन्न पत्र-पत्रिकाओं के रचनाएं प्रकाशित होती रहती हैं।
पता	: मुंबई, महाराष्ट्र
ब्लॉग	: https://poetrybyanuradha.blogspot.com https://narendraraghuvir.blogspot.com

मन पतंगा

वेदना अंतस छुपी बस
आप ही जलती रही।
दूसरों की झोलियाँ में
बस खुशी भरती रही।
झुकने दिया न स्वाभिमान
होंठ भी चुप चुप रहे।
पीर जब अंतस पिघलती
आँख से छुप छुप बहे।
सह अनेक उपाधियों को
भीत से घुटती रही। वेदना.....
दूसरों को दे उजाला
खुद अँधेरे में डोलती।
मौन की चादर लपेटे
मुख से कुछ न बोलती।
आस अंतस फिर मचल के
लहर सी बहती रहे। वेदना....
मौन परिभाषा सिखाता
मन पतंगा डोलता।
फिर हृदय की आँच जलकर
बस अधर में झूलता।
फिर थकी मुस्कान भर के
नीर सी झरती रहे। वेदना....

© कवयित्री / अनुराधा चौहान

चीखती परछाइयाँ

रात की कालिख लपेटे
शून्यता कहती कहानी ।
फिर बिखरती आस पूछे
पीर यह कैसी पुरानी ।
गूँजती अब मौन चीखें
आह का क्रंदन सुनाती ।
हर गली में मौत से डर
श्वास बस छुपती छुपाती ।
है समय की चाल टेढ़ी
बात कब किसी ने मानी । रात की ...
सुलगते शमशान कहते
सत्य तेरा पहचान ले ।
काठ की गठरी सुलगती
फिर नहीं कोई नाम ले ।
चीखती परछाइयाँ की
पीर कब गई पहचानी । रात की ...
काल की बोले कुठारी
प्यास जीवन से बुझेगी ।
गिन रहा अम्बर सितारे
कभी यह गढ़ना रुकेगी ।
कर रही है मौत आहट
चाल नहीं यह अनजानी । रात की ...

उलझनें

दीप जो मन के बुझे थे
आज फिर उनको जला लूँ।
घिर न जाए तम घना फिर
रोशनी अंतस जगा लूँ।

तोड़ने बंधन चली अब
भावना की जोर आँधी।
मन घटाएं जोर गरजी
रह गई क्या आस आधी?
नृत्य बूँदों का शुरू है
साज कुछ मैं भी मिला लूँ दीप मन के...

गर्जना का शोर सुनकर
याद की गठरी खुली थी।
कुछ बरसती बारिशों में
भीगकर हल्की धुली थी।
आज नयनों से बहे जो
स्वप्न पलकों में छुपा लूँ दीप मन के......

झूठ की जंजीर जकड़ी
वर्जनाएं बंध तोड़े।
मौन का लावा उफनकर
लीलने हर रीति दोड़े।
प्रश्न कुछ अंतस तड़पते
बोल दूँ या फिर बचा लूँ? दीप मन के...

भूख पेट की

ताप चढ़ाकर सूरज हँसता
धूप ठूंठ पे फिर लहकी ।
देख धरा का तपता सीना
बैठ तने चिड़िया चहकी ।
गर्म हथौड़े तन पे मारे
धूप निचोड़े तन पानी ।
गर्म हवा इतराती चलती
याद दिलाती है नानी ।
बंद झरोखे से मन झाँके
धूप कनक लगती दहकी । ताप चढ़ाकर . . . .
नीम खड़ा इतराया तनके
छाँव तले राही आया ।
मार कुठारी वन को काटे
आज खड़ा शीतल छाया ।
काट रहा है अपना बोया
देख कर्म माटी महकी । ताप चढ़ाकर . . . .
खेत चटककर दुखड़ा रोते
सूख गया नदिया का जल ।
मौन दिखा अम्बर भी बैठा
कौन निकाले इसका हल ।
देख बिलखते खण्डित हांडी
भूख पेट की फिर बहकी । ताप चढ़ाकर . . . .

संस्कारों की बलि

पाप बढ़ा धरती पे भारी
आपस में ही लोग लड़े।
बेशर्मी की चादर ओढ़े
गलियों में शैतान खड़े।
संस्कारों की बलि चढ़ाकर
देह देखते बस नारी।
बने दुशासन चीर खींचते
कहाँ भागती बेचारी।
आहत हो चीत्कार करे फिर
स्वप्न बिखर के भूमि पड़े। पाप…
बेबस औ लाचार बुढ़ापा
आज तड़पता रोटी को।
थिरक रहे गीतों की धुन पर
नोच रहे हैं बोटी को।
देख लाल की ओछी करनी
मात हृदय में सूल गड़े। पाप…
स्वार्थ के मद में सब डूबे
करुणा कैसे हृदय बसे।
भाई भाई का बैरी बन
मात–पिता के स्वप्न डसे।
सुरा सुधा से लगे डूबने
अपनी जिद पर खड़े अड़े। पाप…

© कवयित्री / अनुराधा चौहान

जाग सांवरे

नेत्र खोल के जाग साँवरे
अब धीरज टूटा जाए।
मानवता का दुश्मन सोचे
कब मानव लूटा जाए।

नजर गिद्ध सी लिए गली में
निर्बल पर करते वार।
अपनों से अपनों को मिलती
हरदम धोखे भरी मार।
जात-पात का झगड़ा-टंटा
अब सिर ही फूटा जाए नेत्र खोल के

रिश्ते सारे देख टूटते
प्रीत सिसकती कोने में।
बना बुढ़ापा भी बीमारी
जीवन बीते रोने में।
देख दिखावे के भ्रम में ही
पथ सच का छूटा जाए नेत्र खोल के

नफ़रत की आग लगी मन में
सतयुग त्रेता भूल गए।
द्वापर सा रास दिखता नहीं
बंशी की धुन भूल गए।
बचा नहीं अब भाईचारा
भाई को लूटा जाए नेत्र खोल के

© कवयित्री / अनुराधा चौहान

मशीनी ज़िंदगी

अब वो ज़िंदगी कहाँ है
जिसमें आँगन थे चौबारे थे
चौपालों में ठहाके थे
गलियों में किलकारी थी
दादी नानी की कहानी थी
हरियाली का आँगन था
मन हर्षाता सावन था
घर-घर हँसी ठिठोली थी
प्रीत भरी हर होली थी
कल-कल करती नदियों के
तट कितने निर्मल पावन थे
नोक-झोंक के रस से भरे
रिश्ते भी मनभावन थे
समय बदला बदली रीत
खो गई कहीं पहले सी प्रीत
अब अपने में दुनिया सिमटी
हर रीत दिखावे में लिपटी
Hide quoted text
डिलीट एक्सेप्ट का दौर चला
लाइक डिस्लाइक के मद में डूबा
हर इंसान अकेला ही भला
खो गई कहीं खुशियाँ सारी
अब जाने कहाँ शोर में
मशीनी अब जीवन जीता
मानव भी इस दौर में

सबसे बड़ा सच

ज़िंदगी कब किसे

किस घड़ी धोखा दे जाए

इंसान को पता नहीं चलता

कब रिश्तों की माला से

कोई मनका टूटकर बिखर जाए

मानव बेबस होकर

बस खड़ा देखता रह जाए

ज़िद को जीतने का जुनून

खुशियों को बांटने का हुनर

रिश्तों को सहेजने तक

सब कुछ मानव के बस में है

अगर कुछ बस में नहीं है

तो परम सत्य मृत्यु को रोक पाना

चाँद तारे सूरज धरती

सागर दरिया अम्बर पानी

सब थे हैं और रहेंगे

जीवन के आने-जाने का क्रम भी

सदा ही चलता रहा है

और आगे भी चलता रहेगा

अपनों से मिलने से लेकर

उनसे बिछड़ने की पीड़ा

हर किसी को जीवन में

सहनी पड़ती है और

यही इस जीवन का परम सत्य है

© कवयित्री / अनुराधा चौहान

बसंत के रंग

खिले सरसों खिले टेसू
बहारें मुस्कुराएंगी।
संदेश सुख भरे लेकर
हवाएं खिलखिलाएंगी।
हँसे जगती खिले सबके
बसंती रंग जीवन में।
कुहासे की हटा चादर
बसंत उतरे आँगन में।
खिले हँसके कली कोमल।
लताएं गीत गाएंगी। खिले सरसों....
सुनो ऋतुराज जब आए
रंग फागुन संग लाए।
मिटाने रात अब श्यामल
आशा दीप जगमगाए।
नए पल्लव नयी कलियाँ
डाल संग लहराएंगी। खिले सरसों....
खिलेंगे मन सभी के फिर
मिटेगी काल की छाया।
मनाएंगे गले मिलकर
रंग त्योहार भर लाया।
जिए जीवन सभी सुख से
खुशी भी गुनगुनाएंगी। खिले सरसों....

© कवयित्री / अनुराधा चौहान

वेदना का शोर

भोर को रूठा हुआ-सा
देख सूरज ढल गया।
मौन चंदा बादलों में
क्षीण होकर छुप गया।

याद की गठरी गिरी फिर
स्वप्न सिसके सब निकल।
मिट गया शृंगार जब
रोई दुल्हनिया विकल।
अर्थी उठी जब आस की
अंतर्मन पिघल गया मौन चंदा..

लौ मचलती दीप की फिर
पूछती है कहानी।
पीर कैसी मन बसी है
बह रहा नयन पानी।
छीनकर क्यों आज खुशियाँ
मीत मन का खो गया मौन चंदा..

वेदना फिर शोर करती
बुझ गया मन का दीप।
अंतस उमड़ती लहर में
तट लगी यादें सीप
हाथ मेहंदी रो रही
वो चिता में जल गया मौन चंदा..

लालसा लोभ की

झूठ की ओढ़नी
आज ओढ़े सभी,
मोड़ आकर खड़े
झाँकते हर गली ।

बात सच की कहीं
आज दिखती नहीं,
लालसा लोभ को
ओढ़कर सिर चली ।

बात इतनी नहीं
झूठ बढ़ता रहा,
मारते ही रहे
अधखिली हर कली ।

आज हँसने लगा
काल आकर खड़ा,
चाल चलना न छोड़ें
यहाँ हर छली ।

टूटती साँस का
मोल करते सभी,
रात भी नींद नयना
चुराकर ढली ।

© कवयित्री / अनुराधा चौहान

अंजू उदिता

व्यक्तिगत परिचय

जन्मस्थान	:	खन्ना ; ज़िला लुधियाना ; पंजाब
पिता	:	स्वर्गीय श्री चमन लाल गरचा
माता	:	श्रीमती जीवन लता
पति	:	श्री पवन कुमार (डी .जी .एम . N.F.L., Noida)
शिक्षा	:	एम .ए . (हिन्दी ; राजनीति शास्त्र) बी .एड .
कार्य	:	अध्यापन, (1) 1996 से 2015 तक स .स .स .स्कूल भलाण ज़िला रुपगर में हिन्दी अध्यापिका के पद पर कार्य किया, (2) जून 2015 से अगस्त 2019 तक स . स . स . स्कूल (ब्वॉयज) नंगल में अध्यापिका के पद पर कार्यरत रहकर प्रवक्ता (राजनीति शास्त्र) की पदोन्नति प्राप्त की ।
सम्प्रति	:	वर्तमान में अगस्त 2 019 से स . स . स . स्कूल (कन्या) घड़ूँआं, मोहाली, पंजाब में प्रवक्ता (राजनीति शास्त्र) के पद पर कार्यरत ।
लेखन विधा	:	पद्य-कविता और दोहे ; गद्य-लघुकथा ।
प्रकाशित कृतियाँ	:	'नारी तू अपराजिता' नारी प्रधान साझा काव्य संकलन प्रकाशित हो चुका है । इससे पहले मेरी कविताएँ पत्र पत्रिकाओं में प्रकाशित होती रही हैं । नवोदित साहित्य परिषद, देहरादून की तरफ से कविता और लघुकथा लेखन में पुरस्कृत हो चुकीं हूँ ।
दूरभाष	:	8054 577 396
ब्लॉग	:	काव्य कोंपल

किसान संघर्ष

छाया है घनघोर अंधेरा, कभी तो होगा नया सवेरा।
आशा की किरण दूर नहीं, समर्थ है तू मज़बूर नहीं।
संघर्ष की राह विकट, मंज़िल आएगी अवश्य निकट।
चलता चल तू वीर किसान, अन्नदाता तू देश का मान।

गर्मी, सर्दी, बरसात से जूझकर, खेतों में उपजाया सोना।
मेहनत करके अनाज से भर दिया, देश का कोना-कोना।
अब हक की लड़ाई, तुझे रेल की पटरी तक ले आई।
इस संघर्ष में तू अकेला नहीं है, तेरे साथ हैं लाखों भाई।

तेरी आवाज़ को ध्वनि देने, करोड़ों कंठ गए हैं मिल।
बुलंद हैं तेरे हौंसले, संघर्ष भी अब न होगा शिथिल।
अभी तो जला है एक दीप, एक दिन होगा दीपोत्सव।
जब जीत का सिंहासन होगा, उस दिन होगा विजयोत्सव।

© कवयित्री / अंजू उदिता

दीपावली

भारत की संस्कृति, विभिन्न मेले और त्योहार,

खूब रौनक दिखती है, गली-गली और बाज़ार,

रंग-रोगन और सफाई की चलती है जब बयार,

जगमग-जगमग आता है तब दीवाली का त्योहार ।

अयोध्या को वापस लौटे श्री राम, लक्ष्मण और जानकी ।

वचन निभा लाज रखी पिता दशरथ के मान की ।

शबरी, अहिल्या, जटायु को आदर देकर रक्षा की उनकी आन की ।

रावण सरीखे दुष्टों का वध कर न परवाह की जान की ।

अमावस के अंधेरे से लड़ कर, दीपों ने किया उजाला ।

लंका से अयोध्या तक, हर्षित प्रजा ने की दीपमाला ।

बढ़-चढ़ कर मनाई खुशियाँ, नहीं कोई पीछे रहने वाला ।

बैठ सिंहासन पर श्रीराम ने, माताओं को चैन दे डाला ।

आज भी है भारतीयों के दिलों में है वही उत्साह ।

माता लक्ष्मी की पूजा दिखाती समृद्धि की राह ।

रंग-बिरंगी आतिशबाज़ी से से हो जाती ठा-ठा ।

खेल-खिलौने और मिठाई क्या कहना वाह-वाह ।

आओ, अज्ञानता की अमावस को हम सब,

आज मिलजुल कर ज्ञान के दीपक से भगाएँ ।

विश्व-बंधुत्व का देकर संदेश प्यार की लौ जगाएँ ।

मुस्कुराहट, हंसी और विश्वास से घर आँगन सजाएँ ।

© कवयित्री / अंजू उदिता

मज़दूर दिवस

हर मनुष्य अपने जीवन का,
सुनहरी उद्देश्य है चुनता ।
उसकी प्राप्ति के लिए वह,
प्रतिदन ताने-बाने है बुनता ।
पर मंज़िल बनी उसकी मित्र,
जिसने मेहनत से गढ़ा चरित्र ।
श्रम करना मज़दूर सिखाता,
खेतों में जब वो पसीना बहाता ।
मिट्टी भी बन जाती फिर सोना,
मज़दूर जैसा कोई नहीं है होना ।
माथे पर जब पसीना दमकता,
उसका तब हर हुनर चमकता ।
आलस्य से नहीं उसका वास्ता,
पर्वत काट बना लेता वह रास्ता ।
कड़ी धूप में मेहनत करना हमें,
हमारा मज़दूर भाई सिखाता है ।
कदम बढ़ते हैं हमारे भी फिर,
मेहनत के कठिनतम रास्तों पर,
कर्तव्यविमुख होना नहीं भाता है ।
ऐसे मज़दूर भाइयों ने ही तो हमें,
मंज़िल की सही राह है दिखाई ।
इन वीर- बहादुर कर्मयोगियों को,
मज़दूर दिवस की हार्दिक बधाई ।

© कवयित्री / अंजू उदिता

सफलता

अगर नहीं मिली सफलता, तो रो-रो कर क्यों मरें ?

क्यों न जी जान से एक प्रयास और करें ?

यूँ ही नहीं मिलती यह सफलता, इतनी आसानी से।

यह तो मिलती है धैर्य और क़ुर्बानी से।

आलस्य, सुख और आराम की देनी पड़ती है बलि।

तब जाकर खिलती है हमारे अरमानों की कली।

असफलता हमारी हार की नहीं है कोई निशानी।

यह तो बताती है हमारे प्रयासों की कहानी।

हे मानव, सतत प्रयास करना तू कभी न छोड़ना।

मेहनत पथ पर बढ़े कदम पीछे न मोड़ना।

आगे बढ़ते कदम एक दिन देंगे आपका भाग्य संवार ।

सफलता खुद खटखटाएगी आपका द्वार ।

विपरीत परिस्थितियों में मनुष्य यूँ ही है टूट कर बिखरता।

जबकि इनसे जूझ कर व्यक्तित्व है निखरता।

© कवयित्री / अंजू उदिता

श्रम का महत्व

ज़िंदगी की राह, थोड़ी कठिन है तो क्या ?

श्रम करने वाले, बना लेते हैं अपनी राह ।

तुम भी श्रम करना और जीवन पथ पर बढ़ना ।

बाधाओं से घबरा कर, तुम नहीं कहीं भी अड़ना ।

बाधाओं से तो हमारा, युगों- युगों से वास्ता ।

यही हमें दिखाती हैं, जीवन का नया रास्ता ।

इन प्रचंड आंधियों से, हमारे सपने नहीं जाते बिखर ।

कठिनाइयों में तप कर हम तो, और भी जाते निखर ।

श्रम के ही साथी हैं, साहस, धैर्य और लगन ।

इनके साथ चलोगे, रहोगे सफलता में मगन ।

अपनी मेहनत से मिली कामयाबी, जगाती आत्मविश्वास ।

और ऊँचाइयाँ छूने की, मन में अंगड़ाई लेती नई आस ।

© कवयित्री / अंजू उदिता

सावन में प्रकृति प्रेम

सूरज अपना रौद्र रूप, जब –जब सुंदर धरा पर दिखलाता ।

झुलस जाती तब धरा समस्त, तरस नही सूरज फिर खाता ।

सूरज की कम न होती जंग, झुलसता धरा का अंग– प्रत्यंग ।

पेड़– पौधों की उसकी संपदा, फिर सूख कर हो जाती बेरंग ।

शुष्क– जलती धरा, देखती तब अपने प्रिय अम्बर की राह ।

अम्बर का अमूल्य प्यार पाना, धरा के मन की होती चाह ।

देख धरा की यह अवस्था, अम्बर फिर व्याकुल हो जाता ।

प्यार की बूँदें बरसाने को, जल्दी ही वह भी आतुर हो जाता ।

घनघोर– घनघोर, उमड़ते घुमड़ते हैं जब काले– काले बादल ।

अंबर का तो दिल है यह, धड़क– धड़क कर हो जाता वो पागल ।

रिमझिम– रिमझिम प्यारा सावन आया, नव प्राणों को धरा ने पाया ।

हरी भरी हो लहलहाई धरा, इतना प्यार उसके अम्बर ने बरसाया

प्रकृति का यह अद्भुत प्रेम, जोड़ता है दो दिलों के तार ।

हर धरा का ख्वाव है यह, मिले उसे अम्बर सा अमर प्यार ।

हरी –हरी काँच की चूड़ियाँ खनकती हैं जब गोरी बाहों में ।

कोई दूसरा बीच न आ सके, प्यार की इन सुहानी राहों में ।

रंग बिरंगी प्रकृति, बिखराती है जब प्यार की भीनी अनमोल सुगंध ।

हाथों में लगी सुर्ख मेहंदी भी, तब उत्साहित होकर देती है अपना रंग ।

प्यार का बरसता है जब सावन, तब पड़ते सावन के मस्त –मस्त झूले ।

इन झूलों पर झूल– झूल कर, हर प्रेमी का मन– मयूर प्रसन्नता से डोले ।

विभिन्नता में एकता

प्यारा भारत सुंदर महकता उपवन, रंग-रंग के फूल खिले।
बन गई एक अनुपम- अटूट माला, ऐसे ये एक दूजे से मिले।
हर फूल की है अपनी कीमत, नहीं किसी का कोई विकल्प।
हर फूल को खिलने देना, लिया है भारत देश ने दृढ़ संकल्प।

चाहे अलग-अलग है भाषा सबकी, अलग-अलग है संस्कृति।
पर एक ही मिट्टी से जन्मे हम सब, सबको है परस्पर प्रीति।
अलग-अलग है धर्म हमारा, अलग-अलग हैं सबके त्योहार।
दिवाली, गुरुपर्व, ईद, क्रिसमस, बने भारत के गले का हार।

गिद्दा, भांगड़ा, लावणी, मणिपुरी, गरबा, कजरी और गणगौर।
थिरकते हैं प्रसन्नता से पाँव जब, नाच उठता सबका मन-मोर।
अलग-अलग मनभावन लोकनृत्य, हर नृत्य पर हमको है मान।
थाली, रऊफ, घूमर, ओडिसी, कथकली, ये भी हैं भारत की शान।

विश्व के कोने- कोने ने, भारत की महिमा मुक्तकंठ से गाई थी।
जब हर सच्चे, साहसी भारतवासी ने, अंग्रेज़ों को धूल चटाई थी।
भारत का गौरवशाली इतिहास अमर, भारत का भविष्य सुनहरा।
भारत की विभिन्नता का, युगों-युगों से, एकता से रिश्ता है गहरा।

© कवयित्री / अंजू उदिता

आदमी और ज़िन्दगी

ज़िन्दगी के दबाव से दबा जा रहा आदमी,
वैभवशाली जीवन जीने की चाहत में,
मरा जा रहा है आदमी।
बोझ बनी जीवन की गाड़ी का बैल बन गया आदमी,
खेतों में जुतने को अब हरदम,
हो गया है उसका लाज़िमी।
{ ऐसा क्यों हुआ ? }
आसमान में टिमटिमाते जितने तारे,
उसके सतरंगी सपने भी तो हैं इतने सारे।
खुद रिक्त हो गया, उनकी पूर्ति करने के मारे।
फर्श से उठकर छूना चाहता है अर्श,
इसलिए अपनों की ही बलि देने को,
वह स्वेच्छा से तैयार हो जाता सहर्ष।
आपाधापी, धक्कामुक्की, और भागमभाग,
सबने जलाई उसमें बदले की आग।
विषैला इतना हो गया, जैसे नाग।
बहुत मचाई प्रलय, बहुत मचाया कहर,
पल दो पल तो रुक जा, मेरे भाई,
पल दो पल तो तू, ज़रा अब ठहर।
फूट की तू छोड़ दे रीत, स्पर्धा को बना ले अपना मीत,
फूटेंगे झरने खुशियों के, फूटेगा फिर, मधुर जीवन संगीत।

© कवयित्री / अंजू उदिता

मन के जीते जीत (लॉकडाउन 2020)

अश्व वेग से भाग रहा, प्रत्येक मनुष्य इतना व्यस्त था।

किसी के पास किसी के लिए, थोड़ा सा न वक़्त था।

पर अचानक क्या हुआ? दानव कोरोना प्रकट हुआ।

तेज़ भाग रही ज़िन्दगी को, आकर उसने लपक लिया।

निगल गया कई अमोल ज़िंदगियाँ, रफ्तार ऐसे तोड़ दी।

आगे बढ़ती हुई लहर, ज़ोर से पीछे को जैसे मोड़ दी।

काम-काज सब ठप्प हुए, हमारे सपने- सुहाने दूर हुए।

लॉकडाउन में रहने को, हम सब फिर ऐसे मज़बूर हुए।

रोज़ मिलते थे जो अपने, मित्र और सगे-सम्बन्धी सभी।

अपने ही घर में कैद होकर, बन गए वो सब अजनबी।

आपाधापी, होड़ाहोड़ी बहुत दूर कहीं जाकर छिप गए।

ज़िंदगी ने दिखाए अजब-गज़ब, बहुत से रंग नए-नए।

अपने ही घर में एकांतवास, बन गया अमूल्य आभूषण।

पहियों का सफर थम गया, धरती से उड़ गया प्रदूषण।

धरा के चहुं ओर, अद्भुत सौंदर्य छटा ऐसे गई बिखर।

धरती नया श्रृंगार करके, हरी-भरी ओस सी गई निखर।

वैसे तो हर भारतीय, अपने बल और शौर्य में है ' नाहर '।

पर जीवन -परीक्षा में, कोरोना प्रश्न है पाठ्यक्रम से बाहर।

परीक्षा कठिन है, फिर भी तुम धीरज न होने देना कम।

सरकारी आदेशों का पालन कर, जंग जीत जाएंगे हम।

फिर से खुला आकाश होगा, स्वच्छंद विचरेंगे हम सभी।

अदम्य साहस है हम सब में, निराश न होंगे हम कभी ।

विश्वास का दीपक जलाकर, मन में जगाए रखना प्रीत।

क्योंकि, साथियो! मन के हारे हार हैं, मन के जीते जीत।

वक़्त तो लगता है

चलता चल तू पथ के पथिक,
पथ की मुश्किलों से न घबरा ।
मंज़िल आएगी पास एक दिन,
बस आगे ही आगे कदम बढ़ा ।

सफलता मिली है सदा उनको,
जो निरन्तर चले अपनी राह ।
रूठ गई सफलता भी उनसे,
जिन्हें थी विलासिता की चाह ।

कर्म करना मनुष्य के हाथ में है,
यथानुसार फल देते हैं भगवान ।
चींटी जैसा अथक परिश्रम करना,
संसार में बढ़ाता है मनुष्य की शान ।

कर्म करने के साथ-साथ ही तुझमें,
आत्मविश्वास का होना भी है ज़रूरी ।
धैर्य और संतोष से करो जो प्रयास,
तो नहीं रहती प्रिय मंज़िल में दूरी ।

सपने होते हैं उस कर्मवीर के पूरे,
जो लक्ष्य के लिए रातों को जगता है ।
इसलिए अधीर न हो मेरे चंचल मन,
ताजमहल बनने में वक़्त तो लगता है ।

© कवयित्री / अंजू उदिता

रौनकें फिर से आएँगी

विपरीत हैं परिस्थितियाँ पर मुश्किलें अवश्य कट जाएँगी ।

तन्हाइयों को चीरती रौनकें एक बार फिर से मुस्कुराएंगी ।

हिम्मत से सामना करके फ़तह हो जाएगी यह भी लड़ाई ।

क्या कभी ऐसा हुआ कि किसी रात की सुबह नहीं आई ?

प्रत्येक सुबह लेकर आती है आशा की एक नई लालिमा ।

जिसमें छुप जाती है निराशा की रात्रि की गहन कालिमा ।

धैर्य, विश्वास और प्रयास से वो गुज़रे ज़माने लौट आएँगे ।

जब सब मित्र और सगे-सम्बन्धी गले लग कर मुस्कुराएंगे ।

चलेंगे एक लंबे सफर पर एक-दूसरे के हाथों में डाल हाथ ।

संशय के बादल छँट जाएँगे अनवरत निभाएंगे सबका साथ ।

बच्चों को बुलाएंगी फिर से स्कूल बसें हार्न बजा-बजा कर ।

उछलते- कूदते दौड़े-दौड़े आएंगे वे सभी न होगा कोई डर ।

लौटेगी संध्या समय पार्कों में खिलखिलाते लोगों की वही भीड़ ।

लुभाएंगे रंग-बिरंगे सुगंधित पुष्प और पक्षियों के अद्भुत नीड़ ।

रात का खाना दोस्तों के साथ किसी होटल में खाकर ही आएँगे ।

टहलते हुए आइसक्रीम खाते-बतियाते हुए ही घर वापिस जाएँगे ।

मुश्किल नहीं है खोए हुए अनमोल समय को फिर से वापिस पाना ।

बस इसके लिए आवश्यक है कुछ आसान- जरुरी नियम निभाना ।

ज़िन्दगी से हाथ धोने से बेहतर है साबुन से बार-बार हाथों को धोना ।

दो गज दूरी बनाना है जरूरी ताकि बाद में न पड़ जाए कहीं रोना ।

आक्सीजन मास्क से बेहतर है कपड़े के दोहरे-मोटे मास्क का होना ।

ज़िन्दगी में इन तीन नियमों का सदैव पालन करना वक्त को न खोना ।

बस इतना सा काम करके निश्चित ही जीत जाएँगे हम यह कोरोना जंग ।

शुभावसर मिलेंगे बहुत, देखेंगे हसीन ज़िन्दगी के फिर से नए-नए रंग ।

© कवयित्री / अंजू उदिता

बसंती सामन्त

पति	:	सुरेन्द्र सिंह सामन्त
पिता का नाम	:	श्री पदम सिंह सामंत
माता का नाम	:	श्रीमती लीलावती देवी
जन्म तिथि	:	28 .2 .1981
सम्प्रति	:	गृहणी
शिक्षा	:	स्नातक हिंदी माध्यम
जन्म स्थान	:	उत्तराखंड (उधम सिंह नगर) चकरपुर
साझा कृतियां	:	सुन ए ज़िन्दगी, अब आ जाओ, लॉकडाउन व्यथा।
प्रकाशित कृति	:	अधूरे अल्फाज (एकल काव्य संग्रह)
लेखन विद्या	:	कहानी कविता लेख निबंध
रचनाक्रम	:	विविध पत्र–पत्रिकाओं में प्रकाशित रचनाएं, वेबसाइट में प्रकाशित लेख एवं कविताएं।
गतिविधियां	:	साहित्य सेवा में संलग्न समाजसेवी संस्था में कार्यरत
सम्मान	:	2020 विश्व हिंदी रचना कर मंच द्वारा अटल हिंदी सम्मान हिरदु फाउन्डेशन द्वारा सृजन उत्तम लेखन हेतु पुरस्कृत।
संपर्क	:	ग्राम एवं पोस्ट ऑफिस बिरिया, तहसील खटीमा, ज़िला उधम सिंह नगर, उत्तराखंड
ईमेल	:	basu105080@gmail.com
दूरभाष	:	8006892586

बेटी हूँ

बेटी हूँ तेरी क्यों मुझे बेटा बुलाती हो माँ

बार-बार भैया सा क्यों जताती हो माँ

झूठ मूठ का मुझे क्यों बहलाती हो माँ

हूँ अगर बेटा तो क्यों नहीं टीका लगाती हो माँ

बेटी हूँ तेरी क्यों मुझे बेटा बुलाती हो माँ

बार-बार भैया सा क्यों जताती हो माँ

हूँ अगर बेटा तो क्यों चौराहे पर मुझे पीछे छुपाती हो माँ

बार-बार क्यों मुझे बेटी के दायरे समझाती हो माँ

झूठ मूठ का मुझे क्यों बहलाती हो माँ

बेटी हूं तेरी क्यो मुझे बेटा बुलाती हो माँ

बार-बार भैया सा क्यों जताती हो माँ

हूँ अगर बेटा तो क्यों नहीं भैया से खिलौने दिलाती हो माँ

बार-बार गुड़िया क्यों थमाती हो माँ

बेटी हूँ तेरे क्यों मुझे बेटा बुलाती हो माँ

बार-बार भैया का क्यों जताती हो माँ

हूँ अगर बेटा तो क्यों नहीं घर में अपने रख पाती हो माँ

क्यों मेरी विदाई कर जाती हो माँ

बेटी हूँ तेरी क्यों मुझे बेटा बुलाती हो माँ

बार-बार भैया सा क्यों जताती हो माँ

हूँ अगर बेटा तो क्यों नहीं घर में मेरे रह पाती हो माँ

बार-बार भैया सा अधिकार क्यों नहीं जमाती हो माँ

झूठ मूठ का मुझे किरदार क्यों बनाती हो माँ

मुझको मुझ ही से क्यों नहीं मिलाती हो माँ

बेटी हूँ तेरी ना क्यों मुझे बेटा बुलाती हो माँ

बार-बार भैया सा क्यों जताती हो माँ
है अलग पहचान मेरी क्यो इसे छुपाती हो माँ
बार-बार भैया जताती हो माँ
बेटी हूँ तेरी क्यों मुझे बेटा बुलाती हो माँ
बार-बार भाई सा क्यों जताती हो माँ

© कवयित्री / बसंती सामन्त

अनाथ मां

कलयुग है अब यहां मां भी अनाथ होती है

कल देखा था मैंने सिग्नल पर एक मां को अनाथ होते हुए

ममता की मूरत को ममता के लिए हाथों को फैलाते हुए

आंचल को अपने भिगोते हुए

कल देखा था मैंने सिग्नल पर एक मां को अनाथ होते हुए

बिन बच्चों के सोते हुए

कल देखा था मैंने एक मां को बच्चों सा रोते हुए

लाचारी में हाथों को फैलाते हुए

ममता को अपनी समेटते हुए

संवेदनाओं को भीतर लपेटते हुए

कल देखा मैंने भगवान को भी तरसते हुए

एक पल को सृष्टि को थमते हुए

भरे पूरे घर के होते हुए

एक मां को भी बेघर होते हुए

कल देखा था मैंने सिग्नल पर एक मां को रोते हुए

कलयुग है अब यहां मां भी अनाथ होती है

कल देखा था मैंने एक मां को अनाथ होते हुए।

© कवयित्री / बसंती सामन्त

किताबों में मुझे पढ़ लेना

अगर कभी आए याद मेरी या आरजू हो मुझे जानने की
तो किताबों में मुझे तुम पढ़ लेना
हर एक कविता में मेरा अक्स मिलेगा
जब तुम पन्ने पलटो तो कहीं छाप मेरी
तो कहीं खुद को भी पाओगे
कहीं हसरते है दम तोड़ती तो
कहीं ख्वाहिशें बाहें फैलाए मिलेंगी
किसी पन्ने में बिखरती तो
कहीं खुद को समेटते दिखूंगी
कहीं कोई शब्द धूमिल सा दिखे तो,
समझ लेना आंखों की नमी थी
शायद ज़िन्दगी में मेरी भी कुछ कमी थी
अगर हो चाहत कभी मुझे समझने की
तो किताबों में मुझे तुम पढ़ लेना
चुपके से उतार दिया मैंने अक्सर हर दर्द को इस स्याही में
चाँद तारों की ख्वाहिश न थी मुझे
मैंने बस तुम्हें चांद तारों में शुमार जो कर लिया
आहट को तुम्हारी मैंने अक्सर झरोखे से झाँका था
नजर ना आने पर भी रास्ता मैंने तुम्हारा ताका था
तन्हाई में अक्सर तुमसे मुलाकात है कि मैंने
हो अगर मंथन हृदय में कहीं
जवाब में मुझे तुम भी लिख लेना किताबों में कहीं
क्योंकि मैं यही हूं इन किताबों में
किसी पन्ने पर अभी तुम्हारे इंतजार में
अगर कभी याद मेरी आए या हो अगर आरजू
कभी मुझे जानने की तो किताबों में मुझे तुम पढ़ लेना।

ताज

देख खुद का प्रतिबिंब ताज भले इतराता होगा

पर क्या मुमताज को शाहजहां का प्रेम

नजर अभी उसमें आता होगा

कटे हुए हाथों से क्या अब भी

कारीगर खुद को थपथपाता होगा

अमीरी की खुशबू तले क्या सच्चा प्रेम

अब भी महक पाता होगा

बेशक लाजवाब है ताजमहल

पर क्या जीते जी शाहजहां मुमताज पर

यूं ही प्रेम बरसाता होगा

प्रेम में होता यदि शाहजहां

प्रतीक प्रेम के बनाने वाले को सरेआम

यू अपाहिज ना बनाया होता

बनने देता प्रेम के कई और प्रतीक

सिमटने ना देता महज एक ताज में स्वयं के प्रेम

चाहे जितना इतराए ताज आज खुद पर

पर मुमताज संग कारीगर की सिसकियों को भी

खुद में वह जरूर पाता होगा ।

अंतिम अँजुरी

अंतिम मंजूरी दे दी मैंने हृदय में बसी बूंदो की

भागीरथ किए तप से मैं ना तर्पण कर पाऊंगी

अब शायद मैं गंगा ना बन पाऊंगी

व्यथित हृदय की व्यथा अधरों पर अब ना लाऊंगी

निज पाप धोने जो वह आए तब शायद मैं सूख जाऊंगी

अब शायद मैं गंगा ना बन पाऊंगी

गिरे जो जानकर बार-बार वह अश्क अब मैं ना बहाऊंगी

दंश झेल विष का बार-बार क्या हुआ गर जमुना मैं कहलाऊंगी

डुबकी मैं तो हर बार यूं छली तो ना जाऊंगी

अब शायद मैं गंगा ना बन पाऊंगी

अंतिम अँजुरी दे दी मैंने हृदय में बसी बूंदों की।

© कवयित्री / बसंती सामन्त

क्यों

सियासत भारी पड़ने लगी मूल्यों पर,

चिंतित होने लगा अब संविधान है,

यह कैसा बनने लगा मेरा हिंदुस्तान है।

मतभेद उभर रहे मतभेदों पर

निजी स्वार्थ क्यों हृदय में पल रहा

नारी अस्मत पर किया फैसला क्यों नहीं किसी को खल रहा

क्यों बहू बेटी के मुद्दे पर किसी को फर्क नहीं पड़ता

क्यों हिंदुस्तानी अब अहम मुद्दे पर नहीं लड़ता

आवाज उठाने से पहले क्यों धर्म पूछा जाता है

इंसान समझ कर हर किसी के लिए

हर कोई क्यों नहीं आगे आता है

सियासत भारी पड़ने लगी मूल्यों पर

चिंतित होने लगा अब संविधान है

यह कैसा बनने लगा मेरा हिंदुस्तान है

क्यों धर्म के आधार पर जुर्म का मूल्यांकन किया जाता है

क्यों जरूरी मुद्दे को गैरजरूरी कहकर

उसका समापन कर दिया जाता है

सियासत भारी पड़ने लगी मूल्यों पर

चिंतित होने लगा अब संविधान है

यह कैसा बनने लगा मेरा हिंदुस्तान है ।

© कवयित्री / बसंती सामन्त

विदाई से पहले ही

खूब चहल-पहल थी घर में

सब कामों में व्यस्त

किसी का ध्यान नहीं था उस बेटी पर

जिसकी कल विदाई थी

चारों ओर भागम भाग

चूल्हे पर हर वक्त चढ़ी कढ़ाही थी

कोई शामियाने में व्यस्त तो कोई मेहमानों में व्यस्त

उस बेटी के मन में थे गुबार कई

आने वाले परिवर्तन को देखकर

किस से कहें मन की बात

कहने को सब था उसके लिए

पर सच में कोई नहीं था साथ

एक कोने में खड़ी मन ही मन सोच रही

देख रही खुद के घर से अपनी ही विदाई

कहना चाहती थी यह घर मेरा है

पर कहां कह पाई

हर कोई आता बलिहारी लिए जाता

पर समय नहीं था किसी के पास

सुन सके जो उसके मन की अरदास

बिना बोले सिखा दिया उसको भी चुप रहना सब कुछ सहना

विदाई से पहले ही कर दी उसकी विदाई

तभी इतनी चहल-पहल में भी वह थी एकदम पराई सी।

© कवयित्री / बसंती सामन्त

गाथा महाभारत की

अट्टहास नहीं करती अब वह किसी के भ्रमित हो जाने पर

क्योंकि जानती है यह कलयुग है

ना चीर बचाने अब श्याम आएंगे

ना भरी सभा में कोई पितामह सी दृष्टि अब झुकाएंगे

जानती है वह आंचल सरकते ही गिद्ध उसे यहां नोच खाएंगे

तो अस्त कर देती है वह हृदय में पनपे अट्टहासों को

ना हठ करती है स्वर्ण मृग की

क्योंकि जानती है कलयुग है

यहां रावण सा ना कोई बन पाएगा

ना राम सेतु कोई उसे प्रिय से फिर मिलायेगा

अब वह कटु स्मृति शेष नहीं रखती

कोई भी मृगतृष्णा हो उसके अवशेष नहीं रखती

सुनी है जब से उसने महा गाथा महाभारत की

तब से वह बेधड़क खुले केश नहीं रखती ।

© कवयित्री / बसंती सामन्त

होने दो हंगामा

होने दो हंगामा हम भी देखें जरा

तिरंगे के पीछे अब कितने गद्दार बैठे हैं

दर्जी बनकर फिरने वाले अब कितने तार तार बैठे हैं

होने दो हंगामा हम भी देखें जरा

सोने की चिड़िया में अब कितने खरपतवार बैठे हैं

सफेद कपड़ों में अब कितने दागदार बैठे हैं

क्या सच में अब भी कोई वफादार बैठे हैं

होने दो हंगामा हम भी देखें जरा

संग संग काफिले के चलने वाले

क्या अब भी दो-चार बैठे हैं

होने दो हंगामा हम भी देखें जरा

तिलक संस्कृति का लगा कितने भ्रष्टाचार बैठे हैं

होने दो हंगामा हम भी देखें जरा

राजनीति की आड़ में क्या अब भी कोई सियासतदार बैठे हैं

बीच मझधार से निकालने को क्या अब भी कोई तारणहार बैठे हैं

होने दो हंगामा हम भी देखें जरा

स्त्री के मुद्दे को समझ कर उठाने वाले क्या अब कोई लाचार बैठे हैं

होने दो हंगामा हम भी देखें जरा

जनता की आह सुनने वाले क्या अब भी कोई सरकार बैठे हैं

होने दो हंगामा हम भी देखें जरा।

© कवयित्री / बसंती सामन्त

भावना झा

व्यक्तिगत परिचय

जन्मतिथि	:	22 नवंबर 1984
पिता का नाम	:	श्री शंभू नाथ ठाकुर
माता	:	श्रीमती नीता ठाकुर
शिक्षा	:	M.A (हिन्दी साहित्य)
सम्प्रति	:	गृहणी, लेखिका, कवियत्री
प्रकाशित रचनाएं	:	समाचार पत्रों और वनिता पत्रिका में प्रकाशित कविताएं, 'मनमर्जियां' (हिन्दी) तथा बाल पत्रिका 'सुगबी' (मैथिली) के लिए लेखन संपादन, आने वाली पत्रिका 'वाची'(मैथिली) के लिए भी लेखन।
विधा	:	कविताएं और आलेख लिखना पसंद करती हूं। कुछ कहानियां भी लिखीं हैं।
पता	:	7/703, ईस्ट एण्ड अपार्टमेंट, मयूर विहार फेज वन, नई दिल्ली–110096
मोबाइल नंबर	:	9654057927
ई मेल	:	jhabhawana193@gmail.com

चीख पर भारी चुप्पी

चारों ओर का कोलाहल भी
विचलित नहीं करता तुम्हें?
इतनी चीखों से तो, कान के परदे
भी तार- तार हो जाते!
वातावरण में व्याप्त, अशांति का भी
कोई असर नहीं
आश्चर्य है?
जिन चीखों से दहल कर
फड़फड़ा के उड़ जाते हैं
तुम्हारे नक्काशीदार मेहराबों से
कबूतर और चमगादड़,
वहीं पर अपने गर्भ गृह में
शांत, निर्विकार रहने का ढोंग कर
निराकार बन जाते!
विष सी तिक्त मुस्कान बिखेरते
तो युगों बीत गए
पर कब संहार का प्रचंड रूप धर
प्रत्यक्ष सामने आओगे?
कहते हैं पत्थरों में प्राणनहीं होते,
पर आस्था तो तर्क से परे....
कराहती दम तोड़ती साँसों की सिसकियों से
टूटने लगे हैं प्राचीर
खंडित होती जा रही आस्था
और चीख पर भारी पड़ती तुम्हारी चुप्पी......!

इंतजार

देखा है कभी दुधमुंहे बच्चे को
भूख से बिलखते, जिसको
सड़क किनारे लिटाकर उसकी
माँ, पत्थर ढो रही है
और बच्चे का इंतजार
आँचल भिगोकर बह रहा !
जेठ की तपती दुपहरी सन्नाटे में डूबी सड़क पर,
एक सवारी की तलाश में
खड़ा रिक्शा चालक गमछे से पसीना पोंछता हुआ
इंतजार में उसकी आँखें सड़कें माप आतीं !
हर बार की तरह चंद सिक्कों की खनक
गरीबों की झोंपड़ी से सुनाई दीं,
सियासत के मोहरे बनकर दिन फिरने की
राह तकते और चूल्हा जलने इंतजार में
दम तोड़ती साँसें !
इंतजार उन बूढ़ी आँखों को
बेबस लाचार हो कर जो जीवन
की आखिरी घड़ियाँ गिनतीं
सात समंदर पार जो गया, लौटने का वादा देकर !
इंतजार में जुड़े हाथ या उठे दुआ में,
अपने अपने परमेश्वर के आगे
मंदिर की घंटियों संग गूंजते
प्रार्थनाओं के स्वर, अजान की पुकार
काश वो सुन लें !

मुखौटा

सुनो मैं तुमको बेइंतहा प्यार करता हूं,
कह कर उसने लगाए मोंगरे का गजरा बालों में
अच्छा !कह वह भी मुस्कुरा दी!
सच कहो मैं ही हूं ना जिसकी तुमको तलाश थी!
हाँ तुम्हारी खोज में भटकती रही मैं मरीचिकाओं में,
किसी ने गीत, ग़ज़ल छेड़े तो किसी ने कविता लिखी
मुझ पर।
कितनी रातें भी बिछी मैं संग कितनों के
पर ना तुमको पा सकीं।
ये क्या तुमने हाथ क्यों हटाया हाथ से
बेरंग चेहरा फक्क सा क्यों हुआ?
प्रेम के दीपक जले थे जिन आँखों में
शोले क्यूं भड़क उठे?
अरे नोंच डालीं क्यूं गजरे की
कलियाँ?
अच्छा समझीं
चेहरा पर से उतर गया शायद
मुखौटा, पहना जो था
अबतक मेरे प्यार का!!

मुस्कुराती औरतें

औरतें मुस्कुरा कर बनातीं, अचार के मसाले
तैयार कर भरतीं, खाली मर्तबानों को
मसाले की ख़ुशबू और उनकी
मुस्कुराहटें बस जाती आम के
कच्चे खट्टे फाँकों में!
चूल्हे पर सेकतीं रोटियां फूल जाती हैं
एकदम से मानों उनकी मुस्कराहट पर
इतरा रहीं हो प्यार से,
पलटतीं पुरानी डायरी के पन्ने
दिन, तारीखों, साल को याद कर
सहला देता हाथ हर शब्दों को,
होंठों पर फीकी मुस्कान पहन
रख देती डायरी आले में कहीं!
आँगन बुहारती औरतें
किसी फिल्मी गाने की धुन गुनगुनाती धीमे स्वरों में
चौंक पड़ती किसी के आने पर
और दबी– दबी मुस्कुराहटें फैल जातीं दरवाजे तक!
हाथ जोड़े ठाकुर जी के आगे आंचल फैला कर मांगतीं
जाने क्या–क्या किनके के लिए?
उड़ेल देतीं फिर चारों तरफ
और कोने कोने से उनकी दुआएँ
मुस्कुराहटें बन झाँक पड़ती!
(प्रकाशित कविता वनिता मैगजीन में)

अनकहे वादे

माँ मनातीं मनौतियां रूठे पत्थरों के आगे
आंचल फैला कर खड़ी हो जातीं धैर्यपूर्वक,
पिता को खींच कर लातीं कहतीं हाथ जोड़ने
शिव का निराकार भाव चेहरे पर लिए पिता
दूर से करबद्ध हो लौट आते!
मां सप्ताह में तीन दिन रखती व्रत,
डालती कबूतरों को दानें मांसाहार का त्याग,
फिर एक दिन पिता ना लौटने वाली यात्रा पर निकल पड़े!
सबने कहा मोक्ष की प्राप्ति हुई
मुक्ति का मार्ग प्रशस्त हुआ!
दिए जाने लगे मशविरे अनगिनत पूर्णमासी पर स्नान,
बैतरणी पार करने का उपाय
फटी फटी आँखों से निहारती
माँ बाँध रही थी पिता की अनमोल निशानियाँ
और चुन रहीं अस्थियां उन अनकहे वादों की जो
बरसों पहले दम तोड़
चुका था!

© कवयित्री / भावना झा

छलकते पैमाने

वह मेहनत कश औरत
दिन भर खट कर चार पैसे
जमा करने की जुगत में
अपनी सारी इच्छाएं मार,
सोचती कि इस बार जमा कर पैसे
खरीद लूं सिलाई मशीन
करुंगी एक नई शुरुआत फिर!
पर हर बार की तरह वह
उसका परमेश्वर टेकने गया माथा
छीन कर उसके सपने,
चढ़ा आया
देसी शराब घर की देवी के आगे!
और उस औरत की आंखों के
छलकते पैमाने को पीने वाला
दूर दूर तक कोई नहीं था!

© कवयित्री / भावना झा

भ्रम !

किसी पुराने पेड़ के नीचे रखी
कुछ खंडित प्रतिमाएं
निस्सहाय पड़ी
रखीं हुई वर्षों से
स्थापित कर गया कोई
क्योंकि वे अखंड नहीं
घर के मंदिर में
रहना उनका
अशुभ है...
रख दो किसी चौराहे के
पुराने पीपल या बरगद
के पेड़ के नीचे....
आते जाते हाथ जोड़ना
बस एक खानापूर्ति
वरदान नहीं माँगते
पथिक राह गुजरते
बस एक नजर फेर
उपकृत कर जाते
फिर एक दिन किसी
आस्तिक की दृष्टि
उन्हें चमत्कृत कर
कुछ अक्षत, फूल, दीप
चढ़ा पूजे जाने का भ्रम
दे जाता !

सृजन

मैं सृजन

फूटता वहां भी जहां कोई उम्मीद,

कोई आस किसी को नहीं होती

अपना रास्ता खुद बना

पहुँचना है मंजिल तक

हर एक को उपजाऊ समतल, सुंदर ज़मीन

नहीं मिल पातीं

नहीं मिल पाता खुशगवार

मौसम का भी प्यार उन्हें

पर मैं खिलता हूं बंजर भूमि, कंक्रीट,

पत्थर चट्टानों के भी हृदय में

विपरीत परिस्थितियों में

वक्त के थपेड़ो को सहता

सहलाता हूं अपने दुख को

आँसू को मुस्कान में पिरोकर

उदास होंठों की हँसी बन

अपनी उपस्थिति दर्ज करता हूं

क्षण भर को ही सही तुम रुकोगे

देखोगे मुझे हताशा में दिखाई देती

रौशनी की तरह....

फिर मैं बिखरकर एक नई चुनौती स्वीकार

चल पड़ूंगा नव निर्माण की ओर

क्योंकि विनाश के भय से

सृजन कभी रुकता नहीं !

© कवयित्री / भावना झा

वो औरतें

मौके -बेमौके याद आती हैं

गाँव के आँगन में, संभालती सहेजती

संबंधों को बिना किसी, लाग लपेट के वो औरतें

जो रसोई में चूल्हे पर खौलते

अदहन देख सोच में डूब जातीं

क्या अंदर भी कुछ खौल रहा था?

ज़िन्दगी का फलसफा सिलबट्टे को दिखा समझाया था

पीसना आसान है पर पिसती, रहना बहुत ही कठिन

हँसी ख़ुशी सब साझा करतीं,

पर बाँटना हो जब मन का कोना

बस एक चुप्पी लगा, बुहारने लगतीं थीं

आँगन का चप्पा-चप्पा

कलछुल, बेलन, चकला, चिमटा

रसोई की तमाम चीजों को पता होता

था उनके दिल का हाल, संभालती बड़ी मुश्किल से

अल्हड़ सी लड़की को, जो रहती थी उनके अंदर जो दिखाती

सपने खुशरंग से, उड़ान भरने की कल्पना

से रोमांचित हो खोंस ली साड़ी अपनी फटी एड़ियों को

सहला कर कदम बढ़ाते ही

याद आता साँझ-बाती का, समय हो गया

चाय भी नहीं बनीं अब तक

लकड़ियाँ भी तो हैं गीली एक नई चुनौती को लेकर

सर पर खींच लेती आँचल

और वो अल्हड़ लड़की, फिर कहीं खो जाती हमेशा की तरह

© कवयित्री / भावना झा

प्रेम के क्षणों में वो आदमी

वह मिट्टी, बीज, हरेपन से जुड़ा आदमी
जी भर निहार तृप्त होता
हर पल आभार भी व्यक्त करता
हवा, पानी, प्रकाश का
जो भरसक प्रयत्न करते
उम्मीद बोने में उसके
सोचती हूं
कैसा होता होगा प्रेम के क्षणों में वह?
इसी उधेड़बुन में तो नहीं बीतते उसके मधुमास कि
कैसे बचाएं बेमौसम की बारिश से पौधों को
या इस बार के पाले से बचे गेहूं की बालियों
की नज़र उतार कर चलो चढ़ा आएं
ग्राम देवता को प्रसाद !
टपकती महुआ की गंध भरी देह
हरी भरी बेलों की गलबहियां डाले
जब निढाल होतीं तो सपने में मुस्कुरती
सेम की फलियां हाथ बढ़ा छू लेता पर
नींद कसमसा जाग जाती
मुंह अंधेरे भागता फिर मेड़ों की ओर
जंगली जानवरों की आवाज पर दौड़ता हरकारे लगा
एक अपराध बोध मन में लिए लौटता और सोचता
रतजगा क्यूं ना कर पाया
तुम्हारी खातिर !
चुहचुहाती श्रम की बूंदों को
जब वह पोंछतीं आंचल से
उसकी नजरें दूर खड़े अरहर

के पीले फूलों पर टिक कर क्या कहना चाहती ?
दुआर पर पसरे सुनहरे दानों को सहलाते हुए
मूंदी आँखों में अटके आंसू
मन मसोस कर रह जाते क्यूं
जैसे अलग होने की पीड़ा में गढ़ते कथा
एक असफल प्रेमी की
जब विदा करते हुए मुंह मोड़ लेता वो आदमी
शिथिल कदमों से!

© कवयित्री / भावना झा

दीपा मिश्रा

व्यक्तिगत परिचय

जन्मतिथि	:	01 मार्च 1980
पिता	:	डॉक्टर अजय मिश्रा
माता	:	डॉक्टर नीरा मिश्रा
शिक्षा	:	परास्नातक, बी.एड . गोल्ड मेडलिस्ट
संप्रति	:	शिक्षण, लेखन एवं संपादन
संस्थापिका	:	नब मिथिला नब मैथिली (मैथिली साहित्य के प्रति समर्पित) ।
लेखन विधा	:	उपन्यास, कहानी संग्रह, काव्य, नाटक, एकांकी, लघुकथा, संस्मरण, यात्रा वृतांत ।
प्रकाशित कृतियां	:	धूप की ओर खुलती खिड़की (हिंदी काव्य संकलन), अर्यमा (मैथिली उपन्यास), ठहरे पलों के प्रतिबिंब (हिंदी काव्य संकलन), सुगबी बाल कथा (मैथिली कविता संग्रह), काव्य मंजरी (साझा संकलन), मत रुकना मदालसा (कहानी संग्रह) ।
संपादक	:	मनमर्ज़ियाँ पत्रिका वार्षिक (हिंदी), वाची मैथिली साहित्यिक पत्रिका, सिहुलिया बाल साहित्य (प्रकाशनाधीन), नब मिथिला नब मैथिली विशेषांक (प्रकाशनाधीन) एवं प्रभात खबर, सुबह सवेरे, आख्यायिनी, विश्वगाथा, अहा ज़िंदगी सहित विभिन्न पत्र–पत्रिकाओं निरन्तर रचनाएँ प्रकाशित ।
पता	:	3/2 रेवा परिसर, स्टेट बैंक ऑफिसर्स कॉलोनी, होशंगाबाद रोड, भोपाल मध्यप्रदेश
ईमेल	:	deepa.mishra25@gmail.com

कठपुतली

माई री मैं कठपुतली

रंग –बिरंगी प्यारी– प्यारी

बड़ी– बड़ी सी आंखों वाली

मटक –मटक कर बातें करती

ठुमक– ठुमक कर चलती

उड़ती फिरती जैसे तितली

माई री मैं कठपुतली.....

डोर मेरे बाबुल के हाथों

गीत ना मेरे अपने

ना आवाज न सांसें अपनी

फिर भी हूं मैं जीती

देख मुझे हैरत में हैं सब

जैसे एक पहेली

माई री मैं कठपुतली.....

तुम सब भी तो मेरे जैसी

डोर किसी के हाथों

जो चाहे वह तुझसे कराए

जैसे चाहे तुझे नचाए

नहीं है मुझमें तुझमें अंतर

तू भी मेरी सहेली

माई री मैं कठपुतली.......

© कवयित्री / दीपा मिश्रा

विप्लव

कैसे उबरे मनुष्य
नित नए विप्लवों से
कभी परिस्थितियां जिन्हें
बाइज्जत कंधे पर
बिठाकर ले आती हैं
कभी वे स्वयमेव आ जाते
लंबी दूरी तय करके
मचाने लगते हैं शोर
उत्पात, उपद्रव
नदी से शांत जीवन में
अशांत कर देते
उद्वेलित भी
न मर्यादा
न इनकी ओछी हरकतों की
कोई सीमा
न मोह,
ना ही कोई स्नेह का बंधन
बस व्याप्त इनमें
कुटिलता, चतुराई
अपर्याप्त ज्ञान का
अनुचित प्रदर्शन
संवेदनशीलता !
कहां विलुप्त हो गई तुम?
तुमने ही तो मनुष्य को
मनुष्यता दी थी
कहीं तुम्हारे लुप्त होने से ही तो

यह विप्लव नहीं
अनाधिकार जबरन
घुसपैठ कर रहा?
रुको तुम्हें तलाशना ही होगा
उन सभी को जिन्हें
मनुष्य बनकर रहने की
तनिक भी चाह है .....

© कवयित्री / दीपा मिश्रा

तुम्हारा दरवाज़ा

मैंने बहुत खटखटाया
तुम्हारा दरवाज़ा
पर तुमने न खोला
जबकि मैं भी जानती थी
कि तुम अंदर ही थे
कितनी बातें
हाँ कितनी बातें
थीं मेरे पास
तुम्हें सुनाने को
समझो तो पूरा का पूरा
अख़बार ही था
बाँटनी थी तुम संग
अच्छी बुरी सभी खबरें
कुछ सुनी कुछ अनसुनी
कुछ कही कुछ अनकही
पर तुमने तो बड़ा ही मजबूत
दरवाज़ा बना रखा था
उसपर चढ़ा दी थी
मोटी सी सांकल
एक उम्र तक ठहरी रही मैं
खटखटाती रही उसे
तभी नज़र पड़ी
एक पुरानी सी चाभी पर
लेकिन स्वाभिमानी मैं भी थी
चाहकर भी ख़ुद
नहीं खोल पाई उसे

रोक लिए अपने हाथों को

अपनी इच्छाओं की तरह

आखिरकार तमाम ख़बरों को

अखबार बनाकर

फ़ंसा आई उन सांकलो के बीच

जाती रहती हूँ आज भी वहाँ

फ़िर घंटो निहार उस दरवाज़े को

लौट आती हूँ गुमसुम सी

अपनी दुनिया में

यही सोचते हुए

तुम्हारा दरवाज़ा कब खुलेगा???

© कवयित्री / दीपा मिश्रा

शराब पीती औरतें

शराब पीती औरतें
चुभती हैं आंखों में
पर शराबी आंखों पर
न जाने कितने ग़ज़ल लिखे गए

खटकती हैं आंखों में
चौक चौराहों पर
बेबजह खड़ी औरतें
उसी चौक पर जिनपर फिकरे कसे गए

गालियां देती औरतों का
तो पूछिए ही मत
वे कैसे दें गाली
गालियां भी तो बस उनपर ही बनाए गए

शोर करती चिल्लाती वे
अच्छी नहीं लगती
शांत चुप शर्माई सी
तस्वीरों में ही उनकी बस रंग भरे गए

© कवयित्री / दीपा मिश्रा

भूत

बचपन में घर की
बड़ी औरतें समझाती थी
सुन्न दोपहर, सांझ- रात को
पेड़ों के पीछे,
अंधेरी सुनसान जगहों पर
बाड़ी- झाड़ी, पुराने मंदिर
तालाब के किनारे मत जाना
वहाँ भूत रहते हैं
देखते ही टूट पड़ते
हम डर जाते थे सुनकर
कभी उन जगहों पर
नहीं गए .....
लेकिन सभी नहीं बच पाते हैं
भूत आज भी होते हैं
इन जगहों पर
फिराक में बैठे
वैसे अब पेड़ों को छोड़
घर भी घुस आए हैं
अलग अलग मुखौटे लगाए
पर अब हमें अपनी बेटियों को
भूतों से डरना नहीं
सामना करना सिखाना होगा
ताकि आने वाले कल में
एक भी भूत न रहे ......

© कवयित्री / दीपा मिश्रा

सूखी स्याही

एक कब्र से लगातार
चीखें आ रही थी
आने जानेवाले
डरे सहमे हुए थे
पता चला वह कब्र
हाल ही में दफनाए
एक लेखक की थी
आखिरकार तय हुआ
कब्र खोदकर देखा जाए
जब उसे खोदा गया
तो लोगों ने देखा
अंगुली के हड्डियों के ढांचे ने
एक कलम कसकर पकड़ रखी थी
माजरा समझ के बाहर था
तभी एक नए लेखक ने
कलम को गौर से देखा और पाया
उसकी स्याही सूख गई थी
उसने आहिस्ता से
कलम में स्याही डाल दी
अगले दिन से फिर वहाँ
कोई चीख नहीं सुनाई दी।

© कवयित्री / दीपा मिश्रा

बूढ़ा, डिबिया, फाग

उस घर में सिर्फ दो थे
एक बूढ़ा और एक डिबिया
अपने दमा की दवा की
शीशी से ही
उसने बनाई थी वह डिबिया
मटमैली धोती की कोर
जरा सा फाड़ कर
बाती बना लिया था
कई दिनों से वह
अंधेरे में ही सोता था
बीमार जो था
किसी तरह
उधारी के किरासन भर
जलाया उसको
रात भर उसकी देहरी रौशन रही
रौशनी देख बूढ़े को भी
जोश आया
गाने लगा वह फाग
उठा लाया अपनी टूटी डफली
थोड़ी ही देर में झूमने लगे लोग
सालों बाद
फाग जो सुना था सबने
रुक गये आने जाने वाले
फेंकने लगे पैसे उसकी ओर
वह और झूम- झूम कर गाने लगा
फिर बटोरे उसने सिक्के

और डिबिया को बुझा कर
सिरहाने रख सो गया
आज उसके सपनों में कम से कम
कुछ सिक्कों की खनक तो थी

डिबिया (मैथिली शब्द)

'स्व' की तलाश

सरल होता है पुरुषों का
घर छोड़कर जाना
जोगी, यात्री बन जाना
जब चाहें जिधर चाहें
सुदूर यात्रा पर निकल पड़ना
'स्व' की तलाश में
परमात्मा की खोज में
कठिन होता
स्त्रियों का घर छोड़ना
बंधी रह जाती हैं
मोह माया से
किसीके पेट की चिन्ता
उनके लिए 'स्व' की तलाश से
अधिक महत्वपूर्ण होता
वे बुहारती रह जाती
दलान ओसारे को और
नीपती हैं स्नेह से, प्रेम से
घर, अँगना को रोज
पा लेती हैं इसी तरह वे
अपने 'स्व' को
परमपिता को
मोह, आसक्ति, स्नेह से
जिसकी तलाश में
पुरुष सुदूर की यात्रा करते हैं ।

© कवयित्री / दीपा मिश्रा

डॉ. भाविका जैन

व्यक्तिगत परिचय

जन्म तिथि	:	24 नवम्बर 1977
पति	:	ललित जैन
शिक्षा	:	एम .ए (इतिहास, राजनीति विज्ञान), एम .एड, पी .एच .डी (शिक्षा)
व्यवसाय	:	असिस्टेंट प्रोफ़ेसर (राजनीति विज्ञान)
सम्प्रति	:	व्याख्याता, गृहणी, लेखिका, कवयित्री
लेखन विधा	:	कविता, गज़ल, डायरी लेखन आदि
प्रकाशित कृतियाँ	:	काव्य मंजरी (साझा काव्य संकलन)
पता	:	503 अरावली हाइट्स उदयपुर (राजस्थान)
ई मेल	:	bhavikajain503@gmail.com
दूरभाष	:	9460507485

कैसे कहूँ

कैसे कहूँ कब बन गई मैं
नारी से नारायणी ।
अब तलक तो मैं थी बस
इस सृष्टि की जीवन दायिनी ।।

हर नये कदम पर नयी ठोकर
और पग पग पर अग्नि परीक्षा ।
डगों पर नहीं मैं डगमगाती
स्वयमेव ही सीमा प्रसारिणी ।।

सुना था किस्से कहानियों में
मै थी सीप में मोती सी ।
अलको पलकों में रहने वाली
अब मैं हूँ सृष्टि धारिणी ।।

हर पल कर्तव्यों में जकड़ी सी
मै जिम्मेदारियोंका ताना बाना ।
तोड़ने लगी मैं बन्धनो को
मै भी हूँ सुख अधिकारिणी ।।

रक्षक बनी हूँ मैं खुद ही खुद की
अब नहींमै अबला सहज सुलभ ।
नारीत्व को बना कर अस्त्र शस्त्र
अब बनने लगी संहारिणी ।।

© कवयित्री / डॉ . भाविका जैन

मैं और तुम

स्पर्श तुम्हारी सांसों का
निःशब्द सा फिर आलिंगन हो ।
जिस पल भी मैं तुमसे महकूं
उस क्षण तुम भी चंदन हो । ।

जब भी तुम्हारे कदम पड़े तो
हर रीतापन भर जाए यूँ ।
कि जहां रहूँ मैं तुलसी जैसी
तुम उस घर का आंगन हो । ।

सहज सुलभ सा आकर्षण कि
जिसमें तार जुड़े हों जनमों के ।
धरती गगन और नदी व पर्वत
चन्द्र चकोर सा बन्धन हो । ।

धवल रजत सी रोशन सुबह
स्वर्णिम सी जहाँ सांझ ढले ।
दशा दिशा और भावों का फिर
हम संग पावन संगम हो । ।

फिर कुछ उनसे कह पाना और
फिर कुछ उनसे सुन पाना ।
जब भाव जुड़े हो भावों से
पलकों से उनका अभिनन्दन हो । ।

उम्मीदें

हवाओं के रुख से भी अब
अहसास ज़माने का होता है।
कुछ बड़े बदलाव भी होते हैं
छोटी छोटी शुरुआतों से।।

चाहे कैसा भी हो मौसम
ज़ेहन में उम्मीदें बसर करो।
आखिर नया दिन होता है शुरू
काली घनी अन्धेरी रातों से।।

समन्दर सा दिल रखोगे तो
दरिया को समझ लोगे पल में।
कि क्यों एक बादल का वजूद
होता है फक़त बरसातों से।।

मिट्टी का सोंधापन कैसे
बीजों से अंकुर खींचे है।
जैसे कि हो दिलों का रिश्ता
एक दूजे के ज़ज्बातों से।।

वैसे तो सालों लगते हैं
तय फासलों को करने में।
धीमें धीमें कदम बढ़ाते हैं
हौंसले कही अनकहीं बातों से।।

© कवयित्री / डॉ. भाविका जैन

मेरा बचपन

कहीं पड़े थे जूठे बरतन
और वो ठण्डा सा चूल्हा ।
खटिया पर अम्मा बीमार
मेरा आंगन कुछ ऐसा था । ।

ना किसी की देखा देखी
सजने संवरने की चाहत ।
चेहरे पर अनगढ़ श्रृंगार
मेरा दर्पण कुछ ऐसा था । ।

न ही कभी गुड़िया से खेली
ना ज़िद कोई मेलों की ।
हर पल पैसों से लाचार
मेरा बचपन कुछ ऐसा था । ।

बिन चीज़ों के भी खुश थी
सूना पर सब कुछ भरा भरा ।
साथ था मेरे मेरा परिवार
मेरा दामन कुछ ऐसा था । ।

कद छोटा और नजरें बौनी
फिर भी तारे मुट्ठी में ।
बढ़ते सपनों का चढ़ता उधार
मेरा मधुबन कुछ ऐसा था । ।

© कवयित्री / डॉ. भाविका जैन

बात आई और गयी

कभी वो थे नज़र के सामने
बात आयी और गयी ।
कभी वो भी मेरे पास थे
बात आयी और गयी ।।

कभी मैं थी उनकी साँस में
बात आयी और गयी ।
बेताबी सी थी अहसास मे
बात आयी और गयी ।।

कभी उनका वो इज़हार–ए–प्यार
बात आयी और गयी ।
और मेरा पल पल इन्तज़ार
बात आयी और गयी ।।

राहों में पलकें झुका देना
बात आयी और गयी ।
ख्वाबों में मुझे बुला लेना
बात आयी और गयी ।।

जान हो मेरी ये कह जाना
बात आयी और गयी ।
अब मेरे बिन यूँ रह जाना
बात आयी और गयी ।।

© कवयित्री / डॉ. भाविका जैन

नया जहाँ

जिस्मों से परे दिल तक
जाकर तो देखिये।
नायाब सी खुशी है ये
इसे पाकर तो देखिये।।

आ जाएगा खुद-ब-खुद
चमन कदमों में आपके।
एक छोटे से गुल को हाथ में
लाकर तो देखिये।।

दूर से ही चांद को
तका करे है क्योंकर।
ख्यालों से सितारों की महफ़िल
सजाकर तो देखिये।।

ज़रूरी नहीं कि हर दास्ताँ
अधूरी ही रह जाए।
किसी को इस दिल के क़रीब
लाकर तो देखिये।।

हो सकता है प्यार-ओ-बहार
इन्तजार में हो आपके।
बस एक और जहाँ
बसा कर तो देखिये।।

© कवयित्री / डॉ. भाविका जैन

कोई दीवाना हो जाये

क्या हो जो सोचूं आपको
उधर आपका आना हो जाए।
गर हम कदम हो आप तो
जिन्दगी का सफ़र सुहाना हो जाए।।

मिले जो कभी उनसे हम
देखा किए बस एक टक।
दिल का जुबां से नहीं।
नज़र से खबर सुनाना हो जाए।

गुज़रे जो उस गली से
जहाँ यार का दर हो।
याद जिन्हें करते रहे हम
उनका नज़र मिलाना हो जाए।

महफ़िल में जान आ गयी
कदम आपके ज्यों ही पड़े।
दुआ है खुदा से मिलने का
फिर कोई बहाना हो जाए।।

शब का है ना पता कोई
न ही सहर की ही ख़बर।
क्या कहें वो हाल-ए-दिल जो
इस कदर दीवाना हो जाए।।

© कवयित्री / डॉ. भाविका जैन

तुम सी हो गयी मैं

जब नाम तुम्हारा आया तो
फिर ख़्वाब से कुछ पलने लगे।
सांसों से चाहत समझाना
कुछ कुछ तुम सी हो गई मैं।।।

ये दीवानगी मेरी कि तुम
नज़र हर शै में आने लगे।
आंखों में बस तुम्हें छिपाना
कुछ कुछ तुम सी हो गई मैं।।।

वो दूर ज़रा से क्या हुए कि
बैचैनी हो गयी बे-इन्तहां।
एक अदा से नजदीकी बढ़ाना
कुछ कुछ तुम सी हो गई मैं।।।

एक नज़र क्या देखा उन्हें
वो तो शरीर से हो गए।
तन्हाई मे बस एक छू जाना
कुछ कुछ तुम सी हो गई मैं।।।

कुछ तो है कि अब वो मेरे
संग ही रहें शाम-ओ-सहर।
खुद पर अपना हक़ जतलाना
कुछ कुछ तुम सी हो गई मैं।।।

© कवयित्री / डॉ. भाविका जैन

मैं तो माँ हूँ

एक ऐसी माँ जो गलत रास्तों पर भटक चुके अपने बेटे को
बहुत याद करते हुए एक चिट्ठी लिखती है –

मैं तो माँ हूँ, अपने दिल की
कभी किसी को ना कह पाऊँगी।
लाल मेरे अब तेरे बिन
ज्यादा दिन मैं जी ना पाऊँगी।।
आंगन के चूल्हे पर अब भी
तेरी मनचाही साग बनाती हूँ
आदतन तेरा तौलिया–ओ–कपड़े
तह करती रोज़ सुखाती हूँ।
मैं तो माँ हूँ आंगन में,
मिट्टी सी जम जाऊँगी ।
पर जो सांसें थम गयी तो
फिर धड़कन कहाँ से लाऊँगी।।

भाई बहन का रिश्ता अब भी
भारी हर रिश्ते पर रहता है।
तेरा छोटू अब लगा बोलने
दिन भर मामा मामा कहता है।।
मैं तो माँ हूँ तस्वीरों में भी
तेरा सर सहलाऊँगी पर।
कब तक उस छोटे बच्चे को
चन्दा से बहलाऊँगी ।।

दिन पूरे हैं बहु के उसको

अस्पताल ले जाना होगा ।
ज़चगी के हर कागज़ पर
नाम तेरा लिखवाना होगा । ।
मैं तो माँ हूँ अपना फ़र्ज़ मैं
रो कर थक कर भी निभाऊँगी ।
पर उसका तो पहला बच्चा है
उसको क्या समझाऊँगी ।।

फिर छत टूटी पिछवाड़े की
बाबा ने अकेले बनाई थी ।
कल उन बेदम कान्धों को
बहुत याद तुम्हारी आयी थी । ।
मैं तो माँ हुँ बेटा मैं तो
बिन हज के भी रह जाऊँगी ।
बिन तेरे आखें बंद हुई तो
ये मैं सह ना पाऊँगी ।।

छोटी सी ज़िन्दगी को फिर से
हम सीधा सादा कर लेंगे ।
नहीं रहेंगे भूखे हम निवाला
आधा आधा कर लेंगे ।।
मैं तो माँ हूँ पानी पी कर भी
दिन रात यूँ ही रह जाऊँगी ।
पर तेरी आँखों के आँसू
मैं सहन नहीं कर पाऊँगी ।।

तू नहीं यहाँ तो ये घर नहीं
अब पहले सा घर लगता है ।

सरहद पर गोली की आवाज़ों से
अनचाहा सा डर लगता है। ।
मैं तो माँ हूँ एक दिन मैं
डर डर कर ही मर जाऊँगी।
अपनी सारी दुआ-ओ-सवाब
सब तेरे हिस्से कर जाऊँगी। ।

खून किसी का भी बहे पर
आखिर माँ का दिल ही रोता है।
कोई भी हो मरने वाला वो
एक माँ का ही बेटा होता है। ।
मैं तो माँ हूँ तेरे लिए भी
ये दर्द नहीं सह पाऊँगी ।
तेरी सांसे तेरे लिए फिर
जां देकर भी ला ना पाऊँगी। ।

उड़ते हैं जब परिन्दें नये नये
तो भटकन हो ही जाती है।
हर ठोकर के बाद ज़िन्दगी हमें
फिर से चलना सिखाती है। ।
मैं तो माँ हूँ तेरे लिए मैं
शोलों पर चल जाऊँगी ।
चुन लेंगे हम तुम राह नयी
मैं तुझे फिर से चलना सिखाऊँगी।

तुम्हारी माँ।

डॉ. नीलांबरी गानू

व्यक्तिगत परिचय

जन्मतिथि : 22 मई, 1959
पिता : बसंत गोखले
माता : मृदुला गोखले
पति : प्रमोद गानू
शिक्षा : बी.कॉम ., परास्नातक, डॉक्टरेट
सम्प्रति : गृहणी, लेखिका
लेखन विधा : कविता, कहानी, लघुकथा, संस्मरण, व्यंग, हास्य व्यंग
गजल, निबंध लेखन, डायरी लेखन आदि
प्रकाशित कृतियां : शिवयोगिनी (मराठी, हिन्दी एवं अंग्रेजी में), गंगाजल
(मराठी) ।
पता : गांव राजगुरुनगर, पूना
ईमेल : neelambariganu766@gmail.com
दूरभाष नंबर : 7741894421

मां अहिल्या देवी होलकर

मां अहिल्यादेवी तेरे चरणों में

लाख-लाख प्रणाम हो

कोटि-कोटि प्रणाम हो

पाऊं देवी अद्भुत चरित, सत्व गुण जीवन भरे

वाणी भी मृदु मंजू कोमल, दुख : दुखियों के हरे

दो मुझे देवी मां शक्ति ऐसी

तू है शक्ति दायिनी

लाख-लाख प्रणाम हो

कोटि-कोटि प्रणाम हो

विशुद्ध दयालु अंतर, नित्य ही अमिरस झरे

मन उदार, विचार पावन, छल कपट से परे

दो मुझे देवी मां स्फुर्ती ऐसी

तू है स्फुर्ती दायिनी

लाख-लाख प्रणाम हो

कोटि कोटि प्रणाम हो

सुख रहे या दुख सदा हो, साथ देवी नित रहे

चरण सेवा नित्य करूं मैं स्मरण में निज तु रहे

दो मुझे वरदान अहिल्यादेवी

तू है शिव योगिनी

लाख-लाख प्रणाम हो

कोटि कोटि प्रणाम हो

© कवयित्री / डॉ. नीलांबरी गानू

ऐसा भी हो कभी

उलझे ज़िन्दगी तो मौत सजनिया हो
लगाती है गले तो सपन चंदनिया हो

भागने लगे गमों से दूर जो हम
ज़िन्दगी क्यों ना बनाती तू डगरिया हो

कौन सी दुआ कौन सी मांगे मन्नत
मिलने पर भी ना तू छोटी गगरिया हो

ज़िन्दगी तू तो उलझनों का समुंदर
भूल से कभी तो आस की लहरिया हो

वादों पर ही टिकी होती है यह दुनिया
झूठ की ना, कभी तू हंसी नगरिया हो

© कवयित्री / डॉ. नीलांबरी गानू

मेरे भगवान

सोना ना दे दो मेनू चांदी ना दे दो
ज़िन्दगी में गमों से विदाई तो दे दो

कागज ना दे दो ना कलम दे दो
जीवन ये लिखने सिहाई तो दे दो

नजर ना दे दो ना आंखें भी दे दो
सहारे की मुझको दुहाई तो दे दो

ना दिन दे दो ना सालोंसाल दे दो
एक लम्हा गमों से रिहाई तो दे दो

वचन दे दो ना कसम भी दे दो
मिलने की राह सुझाई तो दे दो

© कवयित्री / डॉ. नीलांबरी गानू

अगर तुम ना आते

कौन अधिक हमको है भाता

गणपति बप्पा प्यार बरसाता

मस्ती भरे दिन ना होते

अगर तुम हर साल ना आते

बुद्धि दाता तुम्हें ही कहते

हम छोटों को भी बुद्धि दे दे

रह जाते हैं हम खेल खेलते

अगर तुम हर साल ना आते

गजवदना जब तुम आते हो

रात दिन खुशियां लाते हो

प्रसाद में मोदक नहीं मिलते

अगर तुम हर साल ना आते

पृथ्वी भ्रमण की आई बारी

माँ को कर प्रणाम की होशियारी

मां को ना भगवान मानते

अगर तुम हर साल ना आते

गुरुग्यान का तू सागर बाप्पा

सुखकर्ता तू दुखहर्ता बाप्पा

तुम्हारी राह हर साल देखते

अगर तुम हर साल ना आते

गणपति बप्पा हो बड़े प्यारे

रूप अनोखा तुम बड़े न्यारे

बच्चे तुमसे आशीष है मांगते

अगर तुम हर साल ना आते

© कवयित्री / डॉ. नीलांबरी गानू

सेवा

दिन में उजियारा हो
शाम हो सितारोंवाली
रात में दिखाई देगी
डोली अरमानों वाली
कल की सुबह बोली
सुनहरी यादें मेरी
चलो आओ संग मेरे
मिले ये दुआएं सारी
पल पल याद करो
श्याम ने जो है सिखाई
प्यार की ये बोली बोलो
पाओ सभी से दुआएं
चले ये जीवन नैया
होगा श्याम ही खेवैया
मात–पिता की हो सेवा
मिले सुख की निंदिया
गम की बहे नदिया
प्यार की बनाओ किश्ती
पार करो दुखियारा
श्याम की लाडली हस्ती
उसे मिले वनमाली
सेवा ही परम सत्य
करो दिन–रात सेवा
कहे नीलांबरी नित्य

तुम्हारे बिना

दिला दिया आज तुम्हें
तुम्हारे बिना क्या जीया
सुर में मिलाना सुर
तेरे बिना क्या गाया

रात – रात सताए हमें
बिना चांद चंदनिया
मीता बिना कैसे बीते
होगी बैरन रतियां

दो दिल एक जान
है अपनी कहानियां
जान भी देकर हम
छोड़ेंगे ना कलाइयां

हमें ले लो आगोश में
नई अपनी दुनिया
जीना अपने लिए हैं
करो कम यह दूरियां

तुम से ही मेरा जीना
मैं राधा तू कन्हैया
रहना अब दिल में है
प्रेम का तू खेवईया

राम ही राम है

सत्य बोल, बोले कोई असत्य बोल,
नित्य बोले मैं साधु, साधु कोई असाधु होय

एक तारे बिना बोले बोल अंतर खोल
एक भी टाका ना छूटे बोले कबीर होय

एक एक वस्त्र देकर बोले पांचाली तू ओढ
बाकी सारे नाम है झूठे एक आत्माराम होय

एक एक था बेर जूठा जिससे लगाया भोग
शबरी की महिमा है मन में राम ही राम होय

बोल बोले राम राम लेकर लेकर चलो आत्माराम
टांका टांका जोड़े राम आत्मा में होगा हरीधाम .

© कवयित्री / डॉ. नीलांबरी गानू

धन

भगवान के घर देर है अंधेर नहीं
कहते हैं नर हो या नारी सही

धूप और छाया है, है देखो हमारी कहानी
ना रोना धूप में है छांव भी तो आनी
चलो ना अकेले किसी का सहारा बनो
ना कभी खोना है, चांदनी सुहानी

न लगे कभी जीवन बोझऔर मरना सुहाना
सोते हुए मन को है आप ही जगाना
मिले ना कभी जन्नत तो है यह लेकिन
ना गाना कभी कोई गम का ये तराना

लगा रहे सबका कहीं आना और जाना
ना बना ले कोई कभी दिल को निशाना
गया वक्त ना कभी आता है दोबारा
गम को भुला कर खुशी को गले लगाना

ढूंढने भगवन और है एक ही जीवन
बोलो प्रेम की भाषा और बांध लो भगवन
फिर ना कभी कहना कैसे रहे तोहरे बिन
पाने को भगवन चाहिए अपनी ही लगन

© कवयित्री / डॉ. नीलांबरी गानू

मैं हूं ना लाडला?

इतनी बड़ी दुनिया में मां क्यों हूं मैं अकेला
छोटा सा हूं मै क्यों नहीं झुलाती मुझे झूला??
कौन सी तेरी रतिया मां
मेरे लिए है जगती
साथी क्यों नहीं बनती
गलियों में क्यों मैं हूं अकेला
छोटा सा हूं ....
हे मां तेरे ही कारण
आया मैं इस दुनिया
काहे फिर छोड़ दिया
ठोकरों से क्यों नहीं संभाला
छोटा सा हूं मैं ....
सिर मेरा रखने को
तेरी गोद नहीं है खाली
मेहंदी या होठों की लाली
कहती क्यों है बिगाड़ने वाला
छोटा सा हूं मैं ....
क्यों कहते हैं मुझे
तुम होते हुए बेचारा
क्यों हुआ मैं बेसहारा
तुम्हारा मां क्यों नहीं मैं लाडला
छोटा सा हूं मैं ....

© कवयित्री / डॉ. नीलांबरी गानू

गरिमा

कहीं कोई दर्द ना हो
ऐसा भी कोई दर हो
जहाँ ना कोई डर हो
ऐसा भी कोई घर हो

नारी नहीं थकती नाम लेकर
झोली उसकी क्यों खाली हो

रुक रुक के चलती है
क्यों इसका ना माली हो

साथ साथ रहना मालिक
आसा फिर यह डगर हो
जहां ना कोई घर हो......1

मांगने से ना मिलता है
देने से ना रुकते हो

पलके बिछती हूँ मै
पैरों तले यह आंचल हो

रखना ही है तुमको
मेरे सिर पर है तेरा हाथ हो
जहां ना कोई डर .हो......

दुनिया में यह नारी है

जो तुझे प्यार करती हो

दिल उसका ही नित क्यों
तुमसे ही टूटता हो

भगवान यह विनती है
नारी की गरिमा से ना तू दूर हो
जहां ना कोई डर हो 3

© कवयित्री / डॉ. नीलांबरी गानू

डॉ0 प्रियम्बदा कुमारी मिश्र

पिता	:	स्व0 पं0 भगीरथ नाथ मिश्र (संस्कृत और हिंदी के प्रख्यात विद्वान)
माता	:	स्व0 सती देवी मिश्र
शिक्षा	:	आचार्य (साहित्य) एम.ए . (संस्कृत), पीएच . डी ., एल .एल . बी .
सम्प्रति	:	असिस्टेंट प्रोफेसर (साहित्य), श्री गणेश गिरिवरधारी संस्कृत महाविद्यालय बख्तियारपुर, पटना (बिहार)
अनुभव	:	शैक्षणिक 37 वर्ष, प्रशासनिक 8 वर्ष (प्रधानाचार्य का प्रभार)
पुरस्कृत	:	1) संस्कृत संजीवन समाज, पटना द्वारा, 2) बिहार संस्कृत शिक्षा बोर्ड, पटना द्वारा ।
सम्मानित	:	माननीय कुलपति, कामेश्वर सिंह दरभंगा संस्कृत विश्वविद्यालय द्वारा ।
रचना प्रकाशन	:	कई आलेख और कवितायें विभिन्न पत्रिकाओं और समाचार पत्रों में प्रकाशित ।
अभिरुचि	:	सांस्कृतिक, साहित्यिक और सामाजिक कार्यक्रमों में सतत सहभागिता के साथ-साथ काव्य-लेखन ।
पत्राचार पता	:	सती-भगीरथ-स्मृति-भवन, बख्तियारपुर, पटना (बिहार)
ईमेल	:	email.priyam1@gmail.com
मो0 न0	:	9334987161

हे शाम्भवी

हे शाम्भवी, जगदम्बिके !
जया, आर्या, ब्रह्मवादिनी,
विमला, नित्या, बहुला
मां ! भद्रकाली तपस्विनी ।

मेरे इस हृदय – तिमिर में
भाव्या बनों, भवमोचनी,
मन– उपवन अब सूख रहा
स्नेहामृत बरसा कल्याणी ।

आघातों के भव सागर में
संयम की नैया डूब रही,
पतवार न्याय की थामो
नव चिति जगा उत्कर्षिनी ।

सलिला सी बहती कलकल
सुंदरतम ये जीवन – दर्शन,
भाविनी, भव्या, अभव्या
मां ! जलोदरी, कात्यायनी ।

निज पथ से भटक रही मैं
सही राह दिखा दिग्दर्शिनी,
हे सती ! साध्वी, भवप्रीता
मां !!! सत्यानंदस्वरूपिणी ।

मन की "चुभन"

जब कभी मैं तन्हा होती हूं
वो दबे पांव आकर
स्मृतियों के सारे पट
बड़ी मासूमियत से खोल
जाता है और "मैं"
सबकुछ भूल उस उपवन में
विचरण करने लगती हूं जहां
कई छायादार वृक्षों की
छाया में हरे – भरे पौधों के संग
प्यारी – कोमल कलियां
भी मुस्कुरा रहीं है जिन्हें
अपने आखों के पानी से
कलतक सींचती आई थी
आज वहां कई खट्टे – मीठे
फलों के साथ कड़वी
यादों के अब निरन्तर पहरे हैं
उन स्मृतियों को विस्मृत कर
भविष्यरूपी मोतियों को
वर्तमान के धागे में
गूंथना चाहती हूं परन्तु
जाने कहां से वो पुनः
सधे कदमों से आकर
कड़वी यादों की सुई
बड़ी बेरहमी से
मेरी उंगलियों में चुभो देता है
और मैं अनायास

चीख पड़ती हूं -- "मां"
मां का स्मरण औषधि का
काम कर जाती है
तन -- मन की "चुभन"
स्वत: कम हो जाती है।

© कवयित्री / डॉ0 प्रियम्बदा कुमारी मिश्र

कोरोना का कहर

गांव – गांव, शहर – शहर

डगर – डगर, महानगर

इस वैश्विक महामारी का

सब मिलकर उपाय कर

कोरोना का है ये कहर

वीरान है गलियां सभी

सुनसान हर एक सड़क

सुबह –– शाम –– दोपहर

मज़दूर से माननीय तक

कोरोना का है ये कहर

घर और अस्पताल से

व्यस्त सब श्मशान तक

समुचित चिकत्सा नहीं

श्मशान में जगह नहीं

कोरोना का है ये कहर

अस्पतालों में दवा नहीं

बेड और ऑक्सीजन नही

लाशों पर भी राजनीति

करने की अभी पहर नही

कोरोना का है ये कहर

कर्तव्यों का थाम दामन

राजनीतिज्ञों कुछ तो कर

कैसा हृदय – विदारक सफर

संसाधनों को तुम पूर्ण कर

कोरोना का है ये कहर

© कवयित्री / डॉ0 प्रियम्बदा कुमारी मिश्र

मां! दीप जला देना

कितनी भी तुफां आए मुझपे
मां ! तुम करुणा बरसा देना ।
भंवर में नैया जो फंस जाए
मां ! उसे तुम पार लगा देना ।
मायूसियां जो घेर ले मुझको
मां ! तुम मेरा उत्साह बढ़ा देना ।
ये नाव पुरानी है लेकिन इसे
मां ! तुम उस पार लगा देना ।
कभी मैं जो राह भटक जाऊं
मां ! मुझे सही राह दिखा देना ।
कमजोर किसी पल जो हो जाऊं
मां ! मेरा मन मजबूत बना देना ।
उम्मीद की लौ बनके मेरे मन में
मां ! अनगिनत दीप जला देना ।

© कवयित्री / डॉ0 प्रियम्बदा कुमारी मिश्र

मेरे फ़नकार आए हैं

सजाऊं फूल राहों पर
मेरे सरकार आए हैं
मेरे सरकार आए हैं – 2
बिछाऊं दिल को राहों पे
मेरे दिलदार आए हैं
मेरे दिलदार आए हैं – 2
सवारूँ जीवनरुपी नैया
मेरे पतवार आए हैं
मेरे पतवार आए हैं – 2
बनाऊं तन मन गुलशन
मेरे तलबगार आए हैं
मेरे तलबगार आए है – 2
सजाऊं ख्वाब राहों पर
मेरे करतार आए हैं
मेरे करतार आए हैं – 2
दिखाऊं श्रृंगार मैं सोलह
मेरे चित्रकार आए है
मेरे चित्रकार आए हैं – 2
सजाऊं नज़्म होठों पर
मेरे फ़नकार आए हैं
मेरे फ़नकार आए हैं – 2

© कवयित्री / डॉ0 प्रियम्बदा कुमारी मिश्र

गृहस्थी

ये तो शाश्वत सत्य है गोरी
गृहस्थी इतनी आसां नहीं है ।
करनी पड़ती है प्रेम तपस्या
तपस्या तेरे बस की नहीं है ।।

परिवार जो था ये तेरा मेरा
"परिवार" हुआ अब हमारा ।
उन्मुक्त गगन की पंछी को
धरातल से मुहब्बत नही है ।।

ये तो शाश्वत सत्य है गोरी
गृहस्थी इतनी आसां नही है ।
करनी पड़ती है प्रेम तपस्या
तपस्या तेरे बस की नहीं है ।।

संग है दोनों कुल की मर्यादा
मर्यादाओं के संग – 2 चलेंगे ।
दौलत से जुड़ा कोई रिश्ता
शोहरत के काबिल नही है ।।

ये तो शाश्वत सत्य है गोरी
गृहस्थी इतनी आसां नही है ।
करनी पड़ती है प्रेम तपस्या
तपस्या तेरे बस की नहीं है ।।

प्रियतम ! तुम पूर्ण हो मेरे लिए

मन मेरा नील गगन की तरह

तुम इन्द्रधनुष बनकर छाते रहे ।

मैं नदिया सी बहती कलकल

तुम सागर बनकर लहराते रहे ।

मैं दीपक जैसी जलती रहती

तुम सूरज बनकर मुस्काते रहे ।

मैं सुगन्ध विहीन कुसुम जैसी

तुम खुशबू बनकर महकाते रहे ।

मैं पनघट पर रिक्त घड़े जैसी

तुम स्नेह -- सुधा बरसाते रहे ।

गीत बनाकर निज जीवन की

तुम सदा मुझे गुनगुनाते रहे ।

प्रियतम ! तुम पूर्ण हो मेरे लिए

नित्य नया लक्ष्य दिखलाते रहे ।

खुद मेंहदी सा पीसकर कर भी

मुझे अपने रंगों से सजाते रहे ।

© कवयित्री / डॉ0 प्रियम्बदा कुमारी मिश्र

अपने हृदय में झांके कौन?

झांक रहे सब इधर – उधर
अपने हृदय में झांके कौन?
गैरों पर टिप्पणी करते रहते
अपनी कमियों पे रहते मौन।
है सबके हृदय में दर्द छुपा
औषधि किसे बताए कौन?
दुनिया सुधरे सब हैं कहते
खुद को आज सुधारे कौन?
हम सुधरेंगे तो जग सुधरेगा
ये बात हमें समझाए कौन?
पर उपदेश कुशल बहुतेरे
ये बात गले उतारे कौन?
नीति, न्याय, विवेक, कौशल
स्वयं में आज निखारे कौन?

© कवयित्री / डॉ0 प्रियम्बदा कुमारी मिश्र

काश! ऐसा होता

माता और पिता के रहते
लाल किसी का न खोता
मृतप्राय पड़े मात पिता के
तन मन नहीं आसूं भिगोता
काश !ऐसा होता

किसी सुहागन से उसका
सौभाग्य जुदा नहीं होता
आर्तनाद कर रही अभागन
सुहाग लौट पुनः आ पाता
काश! ऐसा होता

नन्हें - मुन्हे बच्चों के सर से
पिता का हाथ हटा न होता
आखों में सुन्दर पलते सपने
हर पल आखों में संजोता
काश ! ऐसा होता

नीति और अनीति की बातें
कहने सुनने तक ही न होता
वैश्विक बीमारी की आड़ में
नर -- संहार हुआ ना होता
काश ! ऐसा होता

मन में संवेदनाएं भी होतीं
यदि मानव मानव ही रहता
अकूत दौलत की चाहत में भी
आखों में थोड़ा शरम जो होता
काश ! ऐसा होता

© कवयित्री / डॉ० प्रियम्बदा कुमारी मिश्र

नारी दायित्व

करना है तो कीजिए, निज पुरुषों पर उपकार।।

ये तो पिता – पति – भाई हैं ... पुत्र ये बेमिसाल।

इन्हें बनाओ विष्णु, शंकर और पुरुषोत्तम राम।

इन्हें बनाओ ना मैडम जी ...... देश का गद्दार।

करना है तो कीजिए.. निज पुरुषों पर उपकार।।

इक्कीसवीं सदी में हमने खोया संयुक्त परिवार।

पति – – – पुत्र कर रहे निरंतर क्रूरतम कारोबार।

मर्यादाएं जातीं पाने कृपा .....बाबाओं के द्वार।

करना है तो कीजिए, निज पुरुषों पर उपकार।।

नारी पथ से जो ना भटके ..... ना हो अत्याचार।

कृपा का प्रलोभन दे बाबा .. करते हैं व्यभिचार।

इन्हें न करने दो मैडम .. कोई भी कालाबाजार।

करना है तो कीजिए ...... पुरुषों पर ये उपकार।।

नदी यदि है बांध तोड़ती ... मच जाता हाहाकार।

नहीं बनाएं हम इन्हें ... कृत्रिम सुख का आधार।

श्मशानों में जाकर देखो, लाशों की लंबी कतार।

करना है तो कीजिए.. निज पुरूषों पर उपकार।।

निज मर्यादा में ही रहना, सुन्दर सृष्टि का सार।

आओ मिलकर हम करें, इनसे समुचित प्यार।

इन्हें बनाओ ना मैडम जी घोटालों का सम्राट।

करना है तो कीजिए ..... पुरुषों पर ये उपकार।।

© कवयित्री / डॉ0 प्रियम्बदा कुमारी मिश्र

डॉ. उषा किरन यादव

जन्मतिथि	:	01.04.1955
जन्म स्थान	:	सीतापुर (उ0प्र0)
पिता	:	स्व0 श्री तामेश्वर प्रसाद यादव
माता	:	स्व0 श्रीमती दमयन्ती देवी यादव
शिक्षा	:	स्नातकोत्तर (अंग्रेजी, समाजशास्त्र), पीएच0डी0 (समाजशास्त्र), बी0एड0, (सेवानिवृत्त प्रधानाचार्या)
साझा कृतियाँ	:	गौरैया के पर, जाने कितनी सहस्त्राब्दियाँ, नारी तू अपराजिता, काव्य रचना (द कैडेट) एकता और अनुशासन आदि, देश के प्रमुख राष्ट्रीय समाचार पत्रों तथा पत्रिकाओं में समय–समय पर कविताएं प्रकाशित।
लेखन विद्या	:	मूलतः काव्य (मुक्तक, नवगीत), निबन्ध, 'गुनगुनी धूप' प्रकाशाधीन
गतिविधियाँ	:	काव्य पाठ, वार्ता, लेखन, अध्यापन, एन0सी0सी0 (मेजर पद) से सम्बन्धित प्रशासनिक गतिविधियाँ, बसन्त पंचमी के अवसर पर नियमित काव्य पाठ, योगा शिविर संचालन (हरिद्वार), समाज सेवा सम्बन्धित आयोजनों में नियमित संलिप्तता।
सम्पर्क	:	बरेली (उ0प्र0)
ई-मेल	:	ushakiran21@yahoo.com
फोन नम्बर	:	09897539304

ये पत्ते

मैं हूँ और
पेड़ से वो टूटे पत्ते ।
तन्हा मैं तन्हा पत्ते
मेरी ही तरह किसी अपने से
बिछड़ आये पत्ते
पीलापन मेरे चेहरे का
पत्तों पर प्रतिबिंबित और
धूप की तपिश से देखो
तमतमाये पत्ते ।
नमी शाखों की सूखी
स्वार्थ की आंधी में,
सरसराती हवा में यह किससे
शिकायत करते पत्ते ?
किसी अपने के 'अहं' से हैं
आहत शायद,
तभी तो है देखो ये अनमनाये पत्ते ।
प्रतीक्षा कर रहे हैं किसी अपने की
अनमने से
पड़े पड़े तन्हा से
मेरी तरह ही
मेरे जैसे ही
ये पत्ते ।

© कवयित्री / डा0 उषा किरन यादव

महामारी

महामारी के,
इस अनिश्चित
भयावह काल में,
मन को ढांढस बंधाने की
आस लिए
जब एक क्षीण सहारे की तलाश
जारी थी मेरी,
कि यह कोमल तकिया ही
बन गया साथी मेरा।
चुंबकीय समर्पण वाला
यह मेरा अपना तकिया।
अनगिन शिकवों, शिकायतों
और उलझन भरे मन की लाचारी,
इस तकिए से ही अक्सर
साझा कर लेती हूं मैं ।
और वो राहगीर भी तो
अपने लंबे पलायन के दौरान
झिंझोरा हुआ तन मन लिए
ऐसे ही टिका देते हैं
घास फूस के किसी ढेर पर
अपनी नींदे, करवटें,
और आने वाले कल की
ढेर सारी धुंधली उम्मीदें।

© कवयित्री / डा0 उषा किरन यादव

प्रणय

अविच्छिन्न प्रणय के
चरम उत्कर्षों के
हर कण का अर्पण।
अहा ! आज के क्षण—
उमड़ते भावों का
मौन समर्पण,
कभी ना भूलने वाली स्मृति
आकुल भुजाओं की विवृति,
प्रभंजित श्वांसों की संगीत लहरी
निदर्शित कथ्यों की अनुभूति
गहरी, बहुत गहरी।
ओह ! आज के पल,
बहके हृदय से,
अप्रत्यक्ष पूजा का एक क्रम,
स्पंदन का व्यतिक्रम।
स्फुटित अधरों की प्रहेलिकायें
हर कंपन मुरलिकायें
अश्रुओं से प्रांजल चरणों के
प्रक्षालन का प्रयास,
पलकों से पथ बुहारने का आभास
प्रतिश्रुति का संकल्प
जाने कितने—कितने विकल्प।

© कवयित्री / डा0 उषा किरन यादव

पर्वतों की त्रासदी

हंस युग्म से बर्फ के परिधान में
वन देवी बन जाते हैं पहाड़,
तो पतझड़ की
नीरवता लिए
बियावान घाटी
बन जाते हैं कभी ।

जंगल देवदार के आंचल में समेटे,
सर्द में कुछ और ही रंग
दिखलाते हैं पहाड़ ।

सर्जक का सौंदर्य दान,
पंत का शैशव स्थान
झुक– झुक कर,
हर पाहुन का
करते हैं स्वागत गान ।
द्रुमों से फिसल रही है हरीतिमा,
पहाड़ों का अंतस अब सूना है ।

आओ ! इन्हें हम नया आयाम दें,
युगों से वंचित,
उनके अधिकार दें ।

छलता अपनापा

ज्योति पर्व का उल्लास
जैसे कहीं खो गया है,
उछलता, कूदता आह्लाद
खुली आंखों में जैसे सो गया है।
भीड़ भरे चौराहों से
गुजरते हुए
न जाने कितनी
सूनी आंखों को नापा है।
गहरी सांसे और
आस के सम्मोहन को
छलता अपनापा है।
किरणों के साये
सब ओझल हो गये हैं
आस्थाओं के पर्व
अब बोझल बन गये हैं,
टकटकी लगाये
कुछ खोजते हैं,
ये नयन पनियारे,
वंचनाओं के नगर में,
कहीं खो गये हैं,
'दीरघ दृगनु अनियारे।'

© कवयित्री / डा0 उषा किरन यादव

गौरैया के पर

गालियां, बस्तियां अब
पहचान खोती जा रही हैं
धरती की मिट्टी
फिर भी अपनी अपनी सी लगती है।
तीज त्योहारों में
पेंगें बढ़ रही हैं मतभेदों की
तेज उठे बेमानी तूफानों से
धज्जियां उड़ रहीं हैं आस्थाओं की।
दूर तक बंजर से पड़े हैं
उम्मीदों के शहर
अब तो हवा भी बात नहीं करती
कभी चम्पा और चमेली की।
बहुत ऊंची उड़ान भरने जा रही है
अभी-अभी ही तो पर निकले हैं
गौरैया के।
आकांक्षाएं संकेत करती हैं
विस्तृत आकाश की ओर
और पग बांध दिए हैं नीचे
आशंकाओं ने।
तूफान अभी थमा नहीं है
और आकाश
गौरैया के परों से
ढका नहीं है।

आधुनिकता

गमलों में सीमित बोंजाई
महलों में कैद पुरवाई
कोरे कागज की तरह
सपाट और संवेदनहीन,
लोगों की परछाई,
आधुनिकता की यह कैसी पहचान है ?

सुनहरी धूप और
उमंग की फुहार
बरसाने की जगह
हमें दे रहा है
अंतर्मन को
चीर देने वाला
तीखा प्रहार
यह कैसा परिवेश है ?

बिन देखे भोर की
बातें करना
परिंदे के शोर की
अपनी संस्कृति से ऊबी,
प्यालों में डूबी
यह कैसी तरुणाई है ?

© कवयित्री / डा0 उषा किरन यादव

आंगन में पेड़

रहने दो
इस पेड़ को
आंगन में खड़ा रहने दो ।
दीवारों पर दौड लगाकर
पेड़ों पर चढ़ जाती,
गिलहरियों की इन
टिहटिहाटों को तो
कानों में पड़ने दो ।
पत्ते पत्ते से इक पहचान
और टहनियों पर,
क्षण भर के इस विश्राम से
गौरैया का नाता रहने दो ।
गोधूलि में नहाया गांव
मुंडेरों से फिसलती छांव
और चूल्हों को भी खलिहानों से
कुछ गुपचुप बातें करने दो ।
दूर देश से आये पंछी
क्षण भर ठहर
चले जायेंगे,
सूनी उनकी आंखों में भी
कुछ कल के सपने
पलने दो ।

अंतर्द्वंद

अजीब सा अंतर्द्वंद है।
वास्तुशास्त्र कहता है
पुरानी कटी–फटी चीजें
प्रेषक है नकारात्मक ऊर्जा की
और,
तुम्हारे सभी प्रणय पत्र
पीले और जीर्ण हो चुके हैं,

सहेजती, संजोती हूं इन्हें तो
घर की खुशहाली दांव पर लगती है,
तिरोहित करती हूं इन्हें तो
प्रीत उलाहने देती है ।

दिल और दुनियादारी के मध्य छिड़ी
एक अजब सी जद्दोजहद है।
सोचती हूं
वैभव की नकली खुशहाली
क्या मेरे जीवन की तिक्तता
मिटा पायेगी ?

यही सोचकर
पीले, गले प्रेम पत्रों को,
फिर से सहेजने लगती हूं मैं ।

पहचान मेरी

दर्द के भी अपने,
फूल, पत्तियाँ और बौर होते हैं।
विस्मित करते सपनों और
मंथन करते विचारों की प्रयोगशाला में
जीवन की उलझनें,
रसायन का काम करती हैं!
परिधि जिनकी जमीं से आसमाँ तक फैली है,
छुपाओ, दबाओ इन्हें तो
बरबस छिटककर
इसके उसके चेहरों पर बिखर जाती हैं!
आकांक्षाओं के बेलगाम अश्व भी
वेदना की टीसों से ही
हरदम रहते हैं अंकुश में।

क्यूँ चुनूँ मैं ऊर्ध्वगामी
सकारात्मकता का सम्बल कोई
कहाँ है इनमें वो गहराई?
निराशा के कोहरे में
उजास के किरणों के
छिटकने से जो मिलती है?
अनिश्चितता का दामन, कैसे छूटे मुझसे?
रह रह कर, उभर उभर कर जो
हरदम मुझको
मेरी पहचान कराता है।

समीकरण

बहुत कुछ पीछे छूटा है
बचपन का अपना सा आँगन,
पापा की हथेलियों की वो मुलायम सी पकड़न,
सखी सहेलियों संग लगायी गयीं
झूलों की ऊँची पेंगें,

बंधुओं संग सरल – सहज सा संवाद, परिहास।
गाहे बगाहे माँ द्वारा
जीवन के लिए दी गयीं छुटपुट,
पर गहरी सीखें।

जीवन के पथरीले झंझावातों, भटकावों से
हमें सहेजता, संवारता
छतरी सा वो पारिवारिक परिवेश!
और अब जब, जीवन संध्या की
गोधूलि बेला में
अनुभवों भरे सागर के समतल हाशिए पर
ठहराव लिए, जीवन समीकरण का मंथन चल ही रहा था कि
सांसो को चुराता
जीवन की क्षणभंगुरता का पाठ पढ़ाता,
गहरा एहसास दिलाता
अचानक चौखट पर दस्तक देने आ गया,
ये महामारी का त्रास।

© कवयित्री / डा० उषा किरन यादव

हेमंत यादव

पिता का नाम	:	श्री सुरेन्द्र कुमार
माता का नाम	:	श्रीमती संगीता देवी
जन्मस्थान	:	अलवर, राजस्थान
शिक्षा	:	बीए, एम.ए. (हिंदी), शोधार्थी (हिंदी विषय) (राज ऋषि भर्तृहरि मत्स्य विश्वविद्यालय अलवर राजस्थान)
संपर्क	:	9587928238
ईमेल	:	9587hmntyadav@gmail.com

तुम्हारा लौट आना

सुनो
तुम वापिस लौट
तो आए हो
मगर साथ ला पाए हों
क्या स्थिरता
वो स्थिरता
जो एक रिश्ते के
सम्मान के लिए
होनी आवश्यक है
अधीरता हैं तुममें
रिश्तों को बनाकर
उनसे दूर भाग जाने की
निभाने की रीत
तुमने सीखी ही नहीं
नये लोग नयी जगह
कुछ पल की खुशी
तो दे सकते हैं
मगर असली सुकून नहीं
और तुम फिर वहीं
लौट आते हो
उसी छांव तले आकर
सुस्ताने लगते हो
जहां तुमने धूप आने का
बहाना कर छांव छोड़ दी थी।

© कवयित्री / हेमंत यादव

तुम्हारा इश्क

काली घटाओं से
पहाड़ों पर उतर
घांस–फूस झाड़ियों से
अठखेलियां करता हुआ
जंगलों को हरा–भरा कर
पशु-पक्षियों जानवरों संग
खेलता हुआ
अनजाने नदी नालों में
अपनी खुशबू बिखेरता हुआ
समुंदर में पहुंचे हुए
पानी सा है
तुम्हारा इश्क

© कवयित्री / हेमंत यादव

स्त्री और सांसों की गिनती

कुछ स्त्रियां सांसे गिनती है
अपनी ज़िन्दगी की
खौफ के साये में
ख्वाबों को मारकर
हर रोज आसूँओ का
कड़वा घूँट पीकर
झूठी मुस्कान की
ओट लेकर
संस्कारों की चादर तले
घुट–घुट कर जीना
अगर ज़िन्दगी है तो
इसे हम जीना नहीं कह सकते
सिर्फ सांसो की गिनती कह सकते हैं

© कवयित्री / हेमंत यादव

स्त्री और ख्वाब

यूँ ही नहीं
ख़ामोश रहती
स्त्रियां
आँखों से ख्वाब बुन
सजाती रहती है
दिल में
सुनती रहती है
परंपराओं के बोझ से
टूटे ख्वाबों का शोर
टुकड़े-टुकड़े इकट्ठा कर
उन्हें गलाती है
आसूँओं से
और फिर शुरू करती है
एक नया ख्वाब
दुबारा बिखर जाने के
डर से
लड़ती है सहती है
परंपराओं के बोझ को
फिर भी निकल पड़ती है
उसे पूरा करने
डगमगाते कदमों से
मंजिल की ओर
नये रास्तों पर नयी मुसीबतों से
लड़ते हुए

© कवयित्री / हेमंत यादव

नींद के साथ

जब कभी
मन में
उठने वाली लहरें
धर लेती है
रूप तुफां का
आहट देती है नींद
सुलाने के लिए नहीं
बल्कि दूर कहीं
साथ ले जाने के लिए
तब आँखों से
कोसों दूर
नींद के साथ
रात के घुप अंधेरे में
भटकती हूँ
बीहड़ गहरे जंगल में
दोनों चुपके से निकल पड़ती है
एक दूसरे से बतियाते
कहीं दूर उस जंगल में
जहाँ चांद की रोशनी
भी आती है
पेड़ों के गहरे पत्तों के
झुरमुटे से
पैरों की आहट से
चरमराहट होती है
वृक्ष से गिरे सूखे पत्तों की
मैं रोना चाहती हूं

उस वक़्त
नींद के कंधों पर
सिर रखकर
आसूँओं में बहा देना चाहती हूं
तमाम उलझने
पर अफसोस की
सूख जाते हैं आँसू
और मन के
किसी गहरे जंगल में
बैठ जाती हैं
वो उलझने
थक-हारकर नींद
खो जाती है
उसी जंगल में
शायद चली जाती होगी
कहीं और किसी को सुलाने
और मैं रातभर
नींद के इंतजार में
ताकती हूं
आसमान में निकले चमकते सितारों को

© कवयित्री / हेमंत यादव

बेटियाँ

अगर सिखा देते बेटियों को
बचपन से ही
बिना सलीके
और बिना डर के रहना
तो आज राह चलते
बेटियां रौंदी नहीं जाती
सिखाया जाता है
उन्हें गुड्डे-गुड़ियों की
शादी रचाकर घर बसाना
डराया जाता है
समाज के
तुच्छ संस्कारों के नाम पर
मार दिया जाता है
प्रेम के नाम पर
दबा दी जाती है
उनकी भावनाएं
जला दिए जाते हैं
उनके सपने
समेट दी जाती है
उनकी ज़िन्दगी
बना दी जाती है
एक स्त्री
जो इंसान नहीं
सिर्फ स्त्री है
जिसमें रूह नहीं
सिर्फ जिस्म है

जो प्रेमिका नहीं
बच्चों को जन्म देने वाली
पत्नी हैं
तब कहता है ये समाज
स्त्री कमजोर और अबला होती है।

© कवयित्री / हेमंत यादव

समय की मार

समय इतना
फरेबी निकलेगा
अंदाज ना लगाया होगा
खुदा भी रूठा होगा
जब इल्जाम बंदों ने
खुदा की सत्ता पर लगाया होगा
चाहकर भी
निकल नहीं पा रहे हैं
इस दलदल से हम सब
ऐ खुदा
हमने माना कि गलती हमारी थी
प्रकृति सत्ता को कब्जाने की
चेतावनी भर तुम्हारी थी
तंग आ गये अब
इन रोज की चीखों से
ऐ खुदा
अगर ये बंदे तेरे थे तो
इनको संभालने की जिम्मेदारी भी
तो तुम्हारी थी

© कवयित्री / हेमंत यादव

पल

जी रहे पल से
भाग जाने का
मन करता है
गुजर चुके पल को
वापिस ले आने का
मन करता है
ना जाने किस मिट्टी का
बना है इंसान
मृत्यु की ओर
ढल रही उम्र से
वापिस लौट जाना चाहता है
मृत्यु और ज़िन्दगी के बीच
चल रही लड़ाई में
मर जाना चाहता है।

© कवयित्री / हेमंत यादव

सुकून

दुनिया का हर इंसान
स्वयं के लिए
सुकून ढूंढना चाहता हैं
लेकिन सहेजने के चक्कर में
दिमाग में चलने वाला चक्रव्यूह
उसमे डाल जाता है
कुछ छींटे अशांति की
इंसान फिर भागता है
दौड़ता है
बदहवास सा
शान्ति और सुकून की तलाश में
पर सुकून तो
वो कहीं पीछे छोड़ आता है
जिसकी तरफ भागता है
वो महज एक लालसा है
घृणा से भरी एक प्रतिस्पर्धा है
जो उसे झूठें सुकून का सपना दिखा
उड़ा ले जाती है
साथ अपने
फंसा देती है
इंसान को
उस कल्पना लोक के
शान्ति और सुकून के जंगल में।

© कवयित्री / हेमंत यादव

कुमारी अंजू

जन्म तिथि	:	05 फरवरी 1996
जन्म स्थान	:	बक्सर, बिहार
पिता	:	श्री रामाश्रय चौधरी
माता	:	श्रीमती कुमकुम देवी
पति	:	अखिलेश कुमार
शिक्षा	:	अध्ययनरत–स्तनाकोत्तर(गणित), बी.एड,
प्रकाशित कृतियां	:	अनामिका (साझा काव्य संकलन)
लेखन विद्या	:	मूलतः काव्य, कहानी, लघुकथा
गतिविधियां	:	अध्ययन, अध्यापन, लेखन
सम्प्रति	:	अध्यापन एवं स्वतंत्र लेखन
सम्पर्क	:	मोहनिया, कैमूर (भभुआ) बिहार
ईमेल	:	anjuakhil5296@gmail.com

तेरे सिवा

ऐ ज़िन्दगी.....
तू चल आगे, मैं तेरे पीछे,
पाव था, दरख़्त पे,
मैं अधूरी-सी तेरे सिवा.....
ओझल हो रही थी, जमीं.
मौन हो रही थीं तू,
साँसे झिलमिल हो रही थीं, तेरे सिवा....
आँखें थमती नहीं थी,
मन भी गुनगुनाता नहीं था,
जज़्बाते रहती थी दबी-सी,
मैं सम्पूर्ण नहीं थी, तेरे सिवा.....
यादों की चौखट थी,
तन्हा-तन्हा फ़िरते रहते थे हम,
कागज़ी ख़्वाब-सी मैं,
हर ठाँव बेख़्वाब-सी, तेरे सिवा.....
अंतत्वोगत्वा.... हक़ीक़त से जीत गए...
तू मेरी हो गई, हम भी हो गए तुम्हारे.
उम्मीदों में, मैं चल पड़ीं,
तन्हाईयों छोड़ दिये पीछे, तुम्हारें सहारे...
तब राब्ता-राब्ता टूट चुकी थीं,
आँधिया -सी बह चुकी थीं, तेरे सिवा...

हर उम्मीद में तू

मेरी हर हसरतों में तू, मेरे हर ख्वाबों में तू
प्रिय मेरे हर आँगन का, एक लम्हा बन जाओ ना,
मेरे हर एक दिन के उम्मीदों में तू।

मेरे हर काबिलियत में तू, मेरे हर अंतर्मय में तू
प्रिय मेरे हृदय के अलमारी का, हर कोना बन जाओ ना,
मेरे हर शब्द के जज़्बातों में तू, हर अल्फाज़ो में तू

मेरे हर उमँग में तू, हर अंदाज़ में तू
प्रिय समँदर-सी चाहतों का साहिल बन जाओ ना,
मेरे हर गज़ल क नाज़ुक-सी तारों में तू

मेरे हर उलझनों में तू, जलती हुई हर अँगीठीयो में तू
प्रिय मेरे ख़ूबसूरत सफ़र का शान बन जाओ ना,
मेरेआज़माते नुमाइशो में तू, हृदयँ में सिंचित प्रेम में तू

मेरे हर हसरतों में तू, मेरे हर आईना में तू
प्रिय हर गुरूरीयत का पहचान बन जाओ ना,
मेरे स्वाभिमान में तू, मेरे हर प्रेरणा में तू।

मेरे हर उम्दा कलाकृतियों में तू, मेरे अनुभवों में तू
प्रिय मेरे हौसलों के सपनों में उड़ान भर दो ना,
मेरे अंतर्मन के पाक हर कोना है तू।

© कवयित्री / कुमारी अंजू

गंगा मईया

मन से भी ज्यादा चंचलता,

फूलों-सा कोमल, निर्मित निर्झर हैं जो,

निरन्तर बढ़ती है तू, काट पग-पग का रोड़ा,

मईया गंगा नाम तुम्हारी, भरती हर नर में प्राण,

जल की जगत जननी हैं तो, शीतल तेरा स्वभाव,

वेद-पुराणों में निश्छल काया का जिक्र तेरा,

गंगा गरिमा पुराने हिन्द का,

ये आर्यों का वरदान,

नाम से भी ज्यादा पवित्र है तू,

देती मानवता का ज्ञान,

समानता का संकेत है तू, पूरे भारत का शान,

गंगोत्री से निकली तू, बंगाल तक फैली है,

उत्तर भारत का है वरदान, तू अखंडता का परवान,

अविचलित, निःसंदेह, करुणा का अम्बार है तू,

राजा, रंक, फ़कीर सबको अपने मे समाहती है तू

करती तू ममतत्व का व्यवहार,

हर प्राणी का कटता पाप, करते जब गंग में स्नान,

मन से भी ज्यादा चंचलता,

गंगा मईया नाम तुम्हारी,

भरती हर नर मे प्राण।

नदी

भेदकर पर्वतों को,
छेदकर हिमखण्डों को,
उबारकर दूसरों को,
खोकर अपनों को,
तलाशती अपने गन्तव्य को,
महक जाएं उससे बगिया,
चहक जाए फूलों की डालियां,
ये नदी कहलाती हैं,
धन्य है हमारी धरती,
जो इस तरह तुमकों पाती हैं,
अपने अस्तित्व को लाती है,
है खोकर वो जाती हैं,
ये नदी कहलाती हैं,
नन्ही –सी, कली–सी,
बागियों को भी महकाती हूँ,
छोटी –सी बालपन में ही,
आवेग में बहती जाती हूँ,
अंत मे सागर में मिल जाती हूँ,
कहती एक कहानी है
नदी कहलाती हूँ।

© कवयित्री / कुमारी अंजू

मेरे ख्वाबों के पहरेदार

मेरे ख्वाबों के पहरेदार...
मेरे नयनों में बसते हो,
मन्दिर मन का गूँजता हैं,
रस से मन को भरते हो,
मेरे ख्वाबों के पहरेदार...
बहते-नहाते सुखों के आँसू,
मटमैले मन कोरे कर जाते हों,
छूती बदन जब पानी को,
अनछूए एहसास भर जाते हो,
मेरे ख्वाबों के पहरेदार, ...
समाये रहते मेरे हर नज्म में,
यादों के सिरहाने वार रोज करते हो,
आँख दिखाती मन मोरे,
सीमटी पन्नों पर नए जिल्द चढ़ा जाते हो,
मेरे ख्वाबों के पहरेदार..
स्पर्श से तेरे मानोँ दिलों पे राज कर जाते हो,
तन्हा-तन्हा फ़िरते थे हम,
मलमल-सी नाजुकता देकर –
अंधेरा छाट देते हो,
मेरे ख्वाबों के पहरेदार.....

© कवयित्री / कुमारी अंजू

निधि आनंद

व्यक्तिगत परिचय

जन्मतिथि	:	13 जनवरी
पिता	:	डॉ. आनंद मोहन झा
माता	:	स्व. नीलम झा
शिक्षा	:	एम. ए (Journalism and Mass Communication)
सम्प्रति	:	स्वतंत्र लेखन, संपादन, शोध संबंधित कार्य
लेखन विधा	:	कविता, कहानी, यात्रा वृतांत, संस्मरण
प्रकाशित कृतियां	:	‘सुगबी’ (मैथिली बाल कविता – कथा संग्रह) में प्रकाशित बाल कविताएँ तथा कहानी। ‘मनमर्ज़ियाँ’ नामक पत्रिका में प्रकाशित कविताएँ और कहानियाँ (भाषा अंग्रेजी और हिंदी)। ‘वाची’ त्रैमासिक मैथिली साहित्यिक पत्रिका में प्रकाशित रचनाएँ (कविता काव्य कुंज तथा यात्रा वृतांत यात्रा स्तंभ के अंतर्गत)। काव्य मंजरी (साझा काव्य संकलन)। प्रतिलिपि पर प्रकाशित रचनाएँ एवं कुछ रचनाएँ प्रकाशनार्थ। ‘सुगबी’, ‘मनमर्ज़ियाँ’ और वाची’ में संपादन तथा चित्रण के माध्यम से योगदान।
पुरस्कार	:	प्रतिलिपि द्वारा प्रशस्ति पत्र (मॉनसून फेस्टिवल)
पता	:	पटना, बिहार
ईमेल	:	nidhianand13@gmail.com

क्यों छूट गया बचपन

वो बचपन की यादें

प्यार भरी बातें

कितनी याद आती हैं

वो प्यारी सी गुड़िया

जो सिर्फ मेरी ना थी

अकसर दिख जाया करती थी

सहेली के आंगन में

हंसती खिलखिलाती,

हाट से खरीदे उन मिट्टी के खिलौने में

नन्हें नन्हें हाथों से

जब मैं खाना पकाती

खा कर वो पत्थर वाले दाल चावल

सब हो जाते थे निहाल

मत रूठो ए बचपन हमसे

वो दिन फिर से लौटा दो

जहाँ पुरानी हुई खिलौनों की जगह

दिल के एक कोने में हो

ऐसा बचपन भी क्या जीना

जहाँ खिलौनों की जगह

घर के एक शोकेस में हो

क्यों छूट गया बचपन

क्यों रूठ गया बचपन

मेरा वो बचपन लौटा दो

हाँ, मेरा वो बचपन लौटा दो

© कवयित्री / निधि आनंद

कायम रहे भाईचारा

सरहद पर उन वीरों से पूछो
कैसी गुजरती उनकी शाम,
मीलों दूर
अपनों की छांव से,
प्रेम बांटते,
हँसते गाते
रहती इनकी पलटन,
लगे अपना इन्हें हर रंग
रखे ना मायने जात धर्म,
करते है सलाम
उन जांबाजों को,
हमारे सुकून की कीमत
जो चुकाते है,
कायम रहे देश की अखंडता
टूटने ना पाए अपनी एकता,
आओ ये मनाते है
भाईचारे की नींव पर टिका रहे,
अपना ये भारत महान
आओ बनाएं मानवता को,
अपना धर्म, अपना ईमान
जय हिंद

© कवयित्री / निधि आनंद

मैं अटल

शब्दों को,
वजह मिल गई,
पन्नों पर उतरने की,
अर्थ में विलीन,
सजने संवरने की।
वो कौन सा दौर था,
ये कौन सा दौर है,
किसे परवाह,
लहर चली,
जब कलम चली।
कोई ना धूमिल कर पाएगा,
हृदय पर ऐसी छाप पड़ी,
चला दृढ़,
एक नये सफर पर,
मैं अटल,
परचम अन्य लहराने को।

© कवयित्री / निधि आनंद

जीना इसी का नाम

साँझ पहर की बेला
अंतर्मन गमगीन
डूबे शब्दों की माला में
व्याकुल, अर्थहीन
ना डर, ना मर
ना कर मुख मलिन
हौसला रख
बुलंदियों को छूने की
टूटे दर्पण में
ढूंढ ले प्रतिबिंब
निष्कर्ष यही,
जीवन का यही है सार
ज़िन्दगी को जीते चल
इसमें कहां है तेरी हार

© कवयित्री / निधि आनंद

मुनमुन की चिट्ठी

डाकिया चाचा, डाकिया चाचा
मेरा एक सन्देशा ले जा
उनसे मिले हुए एक साल
ना जाने क्या उनका हाल
गार्ड अंकल को मेरा सलाम
मिस की हमें बड़ी आती याद
वीरान पड़े कैम्पस के झूले
कुर्सी मेज को हम नहीं भूले
जूते मोजे सो रहे
यूनिफॉर्म हमारे रो रहे
कोई तो उन्हें जगाओ
यूनिफॉर्म को चुप कराओ
हम बच्चों की सुन लो गुहार
ऑनलाइन क्लास की है बौछार
लॉकडाउन में बचपन बीत रहा
सखी सहेली को कब से नहीं देखा
अरे कोरोना,
इतना कहर मत ढा
बात हमारी मान जा
समेट ले अपना यह जाल
जीवन फिर से कर दे खुशहाल

पिता

माँ के आंचल से निकाल
जिसने जीना सिखा दिया
तेरी एक झलक न पाने पर
बेचैन सा रहता था जो
आज विदा कर के तुझे
चैन से कैसे सो गया
जिस उंगली के सहारे चलना सिखाया
आज उसी हाथ से डोली में बिठा दिया
मज़बूर नही मजबूत है वो
कैसे बताए किसी को
अपने घर की रौनक दे कर
तेरे आंगन को जो रौशन किया
हाँ एक पिता है वो
अगर पिता न होता
अपने जिगर का टुकड़ा
तुझे कभी ना सौंपता

© कवयित्री / निधि आनंद

पड़ाव

कभी इठलाती,

कभी खिलखिलाती

चहुँओर रंग बिखेरतीं,

आंगन की वह तितलियां

कभी चिड़ियों सी फुदकती,

कभी चहकती

उसकी तोतली बोली,

सबका मन है मोहती

कभी लजाती,

कभी सकुचाती

लाल जोड़े में,

आँखें नम किए जाती है

चूड़ियों की खनखन से,

नए आंगन को सजाती है

हर रिश्ते को बखूबी,

प्रेम से निभाती है

जिम्मेदारियों की चादर पर,

सिलवटें ना आने देती है

पता नहीं कब वो अल्हड़ से,

सुघड़ बन जाती है

बस समय समय की बात है

जाने कितने रूप दिखाती है

बेटी से दुल्हन तक का सफर

कुछ पलों में तय कर जाती है

© कवयित्री / निधि आनंद

विवश नहीं

माथे पर उस लाल कुमकुम वाले पसीने से कह दो
बहना मुझे भी आता है
चूल्हे की उन लकड़ियों से कह दो
जलना मुझे भी आता है
उन परिंदों को दे दो संदेश
उड़ने से मुझे नहीं सकता कोई रोक
चूल्हा-चक्की, बर्तन करछी
मत समझों इन्हें पैरों की बेड़ियां
कभी सिल-बट्टे पर पीसे
मसालों की खाद
कभी उबले चाय के स्वाद से
हूँ निस्वार्थ सींचती
अपने अस्तित्व के वृक्ष को
क्योंकि
विवश नहीं विचारवान हूँ मैं
गर्व से हूँ कहती
एक स्त्री हूँ मैं

© कवयित्री / निधि आनंद

वह मोती की माला

आज बरबस याद आ गयी

मेले में खरीदी हुई

उस सफेद रंग की

चमकीले माले की

पहन जिसे इतरा कर चलती मैं

कुछ तो बात थी

उन मोतियों में

पिरोए हुए एक धागे में

सिमटी हुई साथ में

कुछ सकुचाई

कुछ शरमाई सी

बैठी जकड़ कर अपने अस्तित्व को

पर एक दिन

टूट कर बिखर गए सारे मोती

फूट फूट कर रोई मैं

समेट सबको एक डिब्बे में

चैन की नींद सोई मैं

थी कदर मोतियों की तब भी

और आज भी है

हाँ, सहेज कर है रखा मैंने

अपने सारे मोतियों को

अब ना टूटने दूँगी

अपने माले को कभी

© कवयित्री / निधि आनंद

पद्मश्री वडगावे

जन्मतिथी	:	29 मई, 1968
पिता	:	स्व. सुरेश वडगावे
माता	:	सुनंदा वडगावे
शिक्षा	:	बी.कॉम.
सम्प्रति	:	गृहिणी, लेखिका, कवियत्री, वॉइस ओवर कलाकार, वाचक (रीडर), एंकर।
लेखन विधा	:	लेख, कथा, कविता, विज्ञापन जिंगल्स, रेडिओ जिंगल्स, आकाशवाणी टॉक शो लेखन, इत्यादि.
प्रकशित कृतिया	:	समाचार पत्र मे लेख, औडिओ मेग्ज़ीन मे लेख
पता	:	सायन, मुंबई
ई मेल	:	padmashree2905@gmail.com
दूरभाष	:	9223576867, 8850543608

प्रार्थना

मन की आँखों से हम करते आराधना,
हे ईश्वर तुम सुन लो, सबकी प्रार्थना।

तेरी बगिया के खिलते हुए फुल हम,
तेरी कृपा से ही खिल उठा ये चमन।
अपनी खुशबु से तुम हमको महका देना,
हे ईश्वर तुम सुन लो सबकी प्रार्थना – मन की…….

दे दो शक्ती और बलवान बनाओ हमे,
आँधी तुफाँ से हरदम बचाना हमें,
हर पल अपनी, निगाहों में ही रखना।
हे ईश्वर तुम सुन लो, सबकी प्रार्थना। मन की….

सदा हँसते रहें, ऐसा वरदान दो,
न हो नफरत किसीसे, ना अभिमान हो,
सबका मंगल हो, ऐसी दे दो भावना।
हे ईश्वर तुम सुन लो, सबकी प्रार्थना।

मन की आँखों से हम करते आराधना,
हे ईश्वर तुम सुन लो, सबकी प्रार्थना।

© कवयित्री / पद्मश्री वडगांवे

गुफ्तगू हिना से ..

ऐ हिना, देख न !
तेरी और मेरी तकदीर, एक सी है ना ?
खुद को पीस डाला, उनके सनम के हाथों को रंगने के लिये .....
और एक आह भी ना निकली कभी मुझसे,
जब उसने तारीफ, मेरी नहीं, उनके सनम के हाथों की ।

फिर हमने समझाया खुद ही को,
कि तेरा पीस जाना ही तो हर जगह रंग लाता है ।

क्या हुआ, गर कोई नहीं मानता ?
वो उपरवाला हैं ना,
ऐ हिना,
वो .. तो सब जानता है ।

फिर हमने भी मुस्कुरा कर,
"ईद मुबारक" कह ही डाला उन्हें,

क्या करें ?

"हम भी तो पीसे जाते ही हैं,
"हर बार ...
उन्हें ही रंगने के लिये ....
हर बार उन्हें ही रंगने के लिये ...

© कवयित्री / पद्मश्री वडगांवे

माँ

मिलता हैं यहाँ वेतन, हर मज़दूर को
सिर्फ कुछ नहीं मिलता हैं यहाँ,
हर एक मां को।

लगाओ हिसाब उसके
हर एक काम का,
साथ में जुडे, ममता के,
अनमोल भाव का।

अपना अस्तित्व भुलाकर,
करती हैं सब की सेवा,
ना 'त्योहार' की छुट्टी हैं,
ना 'बिमारी' मे लेती है दवा।

दिन, रात बस अपनों की चिंता,
ना आराम, ना चैन, ना मजा।
जो जैसे चाहे, पेश आये उसके साथ,
सबके तकलीफों की खुद को
बस देती हैं सजा।

अपनी सेहत लगाती हैं दाव पर,
ध्यान रखती हैं, पुरे परिवार पर।
ना मिलता उसे वेतन, ना कोई पेन्शन,
पालती रहती हैं, बस सब के टेंशन।

सच में ना कोई अवार्ड,
ना सर्टिफिकेट, ना मेडल,
फिर भी खुश रहती हैं वो,
देकर अपना ममता भरा आँचल।

तो, क्यूं ना आज के ही दिन,
हम इस बात की अहमियत जाने?
देकर उसे प्यार और सम्मान
उसका कहना माने?

उसी से हमारी खुशियाँ है,
इस राज़ को हम पहचाने।
उसकी अहमियत जानकर,
उसे प्यार से ईज्जत से रखकर
चलों, हम उसका जीवन सवारेंगे।
हम उसका जीवन सवारेंगे।

© कवयित्री / **पद्मश्री वडगांवे**

बेनाम रिश्तें

जिस रिश्तें में 'ममता'
का स्पर्श हो,
पर वह 'मां' न हो ..
क्या नाम दें ऐसे रिश्ते को?
जिस रिश्तें में 'चिंता'
का सुर हो,
पर वह 'पिता' ना हो,
क्या नाम दें, ऐसे रिश्ते को?
जिस रिश्ते में 'मस्ती' की
नशा हो,
पर वह 'भाई' ना हो।
क्या नाम दें, ऐसे रिश्ते को?
जिस रिश्ते में 'प्यार' का रंग हो,
पर वह 'बहन' ना हो।
क्या नाम दें, ऐसे रिश्ते को?
जिस रिश्ते में 'दोस्ती' की महक हो,
पर वह 'दोस्त' ना हो।
क्या नाम दें, ऐसे रिश्ते को?
मुझे लगता हैं, नाम देकर क्यूँ भला,
बांध दे अपनी भावनाओं को,
ईश्वर की कृपा समझकर क्यूँ ना,
प्यार से सींचे,
इन मस्त कलियों को ...

© कवयित्री / पद्मश्री वडगांवे

मैं और मेरी तनहाई

मैं और मेरी तनहाई
अक्सर ये बातें करतें हैं,
ये बुरी भावनाये.....
ना होती, तो अच्छा होता।

ना कोई गलती होती किसीसे...
ना कोई गलत होता।
मैं और मेरी तनहाई
अक्सर ये बाते करते है।

ये बुरी आदतें....
ना होती, तो अच्छा होता।
ना कोई गुनाह होता किसीसे....
ना कोई गुनहगार होता।
मैं और मेरी तनहाई,
अक्सर ये बाते करते हैं।

ये बुरे विचार...
ना आते तो अच्छा होता,
ना कोई बुरे कर्म होते किसीसे.....
ना ही किसीको सजा होती।
मैं और मेरी तनहाई,
अक्सर ये बाते करते हैं।

ये बुरे खयाल ना आते
तो अच्छ होता,
ना ही कोई नाराज होता किसी से,
ना ही रिश्तों में कोई दरार आती,
मैं और मेरी तनहाई
अक्सर ये बाते करते हैं।
मैं और मेरी तनहाई
अक्सर ये बाते करते हैं।

© कवयित्री / **पद्मश्री वडगांवे**

हायकू रचना..

बारिश बुंदे
धरती मे समाये
तृष्णा मिटाये ।

बारिश बुंदे
खिलते फुलों पर
लगें जेव्रर ।

बारिश बुंदे
टप टप गिरतें
धरा चूमतें ।

बारिश बुंदे
धीमी धुन बौछार
मेघ मल्हार ।

बारिश बुंदे
ओढें हरी चुनरी
सुंदर नारी ।

© कवयित्री / पद्मश्री वडगांवे

अहमियत.... सांसों की

सांसों का चलना ..हैं ज़िन्दगी,
रुक जायें सांसें, तो हैं मौत।
इतना ही तेरा वजूद है, इंसान
यह बात अभी से तू जरा सोच।
च़लती सांसे हैं ईश्वर की कृपा,
हर दिन तू कर शुक्रिया अदा।
रोज तू कोई नेक काम कर लें,
हँसते रहना खुद और दूसरों को हँसा।
हर दिन तू पिरो ले सत्कर्मों के मोती,
माला यही डालना फिर ईश्वर गले।
क्षमा मांग ईश्वर से, क्षमा करना सबको
रहना समर्पित हमेशा तुम ईश्वर के प्रति
खुदा चाहता हैं, तुम्हें बेपनाह,
ठान लें जीयेगा, अब होश में तू।
गलतियों का ना मना मातम,
जागकर अब कर दे बेहोशी खतम।
साँसों के चलने का, वरदान मिला हैं हमको,
खुश रहो खुद, और खुशियाँ बाँटों सबको,
मौत से पहले ही तुम्हारी ज़िन्दगी काम आ जायें,
अंत समय में देख, फिर तू ना पछ्ताए।
समझ की ये गाँठ, बांध ले तू प्यारे,
फिर बन जाओगे तुम सबके दुलारे।
जीवन जो मिला हैं, इसे सफल बनाना,
ताकि, सदा चमकते रहें तुम्हारें सितारें।

© कवयित्री / पद्मश्री वड़गांवे

गौतम बुद्ध

(मधुदीप कविता)

है

कहाँ

आसान

बुद्ध होना

साफ रखना

अंतर्मन

का मैला

कोना।

उच्चतम कर्म करना ही है बौद्ध धर्म

सत्य का हमेंशा ही ध्यान है रखना।

सबसे प्रेम करना है मर्म

डर, चिंता को है मारना।

गलत कर्मों से तो

दूर रहना।

© कवयित्री / पद्मश्री वडगावे

(मधुदीप काव्यप्रकार निर्मिती)
माधुरी काकडे

पर्यावरण

(मधुदीप कविता)

ये

आज

कसम

सब खायें

पर्यावरण

स्वच्छ रखें

सेहत

पायें।

पर्यावरण ने ही दी है तंदुरुस्ती हमे

औषधियाँ, फल और फूल देकर।

काटने से भी बचाने हैं वृक्ष

उनका मोल जानकर।

पेड लगायें खूब

प्रण लेकर।

© कवयित्री / पद्मश्री वडगावे

(मधुदीप काव्यप्रकार निर्मिती)

माधुरी काकडे

प्रज्ञा 'माया' शर्मा

जन्मतिथि	:	29 अक्टूबर 1984
पिता	:	श्री सुभाष कुमार शर्मा
माता	:	श्रीमती माया शर्मा
शिक्षा	:	ग्रेजुएशन (BSc.)
सम्प्रति	:	गृहणी
लेखन विधा	:	कविता, डायरी लेखन
प्रकाशित कृतियां	:	काव्य प्रवाह (सांझा संग्रह)
पता	:	मल्लिक कंपाउंड, जनता कॉम्प्लेक्स, विनायक होंडा सर्विस स्टेशन के पास, आंठगांव, गुवाहाटी (असम)
ईमेल	:	pragyasharma07562@gmail.com
दूरभाष नंबर	:	9957397980

मिलन

मिलन बड़ा ही सुंदर था, शबरी का प्रभु श्रीराम से,
जूठे बेर चखन को आए, राम अयोध्या धाम से ।

बरसों–बरस तपस्या करके, भक्त प्रभु को पाते थे, / हैं
भोर, सांझ या कोई पहर हो, प्रभु को हर पल ध्याते थे, / हैं,
सबरी पार करी भवसागर, केवल राम के नाम से,
मिलन बड़ा ही सुंदर था, शबरी का प्रभु श्रीराम से ।

रोज सवेरे आंगन को, कोमल फूलों से सजाती थी,
राम आएंगे आज मेरे घर, नित ऐसे सपन सजाती थी,
इक दिन मेरा मान बढ़ेगा, भक्ति के ही काम से,
मिलन बड़ा ही सुंदर था, शबरी का प्रभु श्रीराम से ।

धैर्य धरा, ना व्याकुलता थी, माता के विश्वास में,
राम राम का सुमिरन करती, राम मिलन की आस में,
पलक बिछा के नैन ताकती, दर्शन हो जाए राम के,
मिलन बड़ा ही सुंदर था, शबरी का प्रभु श्रीराम से।

चलते चलते श्री राम प्रभु को, कानों में ध्वनि इक पड़ती है,
जैसे माता पुत्र पुकारे, देखन हो उसको तड़पती है,
दौड़े आए श्री राम प्रभु, भिलनी के आह्वान से,
मिलन बड़ा ही सुंदर था, शबरी का प्रभु श्रीराम से ।

देख के सुंदर छवि राम की, सुध बुध अपनी खो बैठी,
आंखों की अश्रु धारा से, वो राम चरण को धो बैठी,
कुटिया पावन हो गई उसकी, चरण पड़े श्री राम के,

मिलन बड़ा ही सुंदर था, शबरी का प्रभु श्रीराम से।

स्वागत कैसे करें प्रभु का, कुछ भी समझ ना आए हैं,
पलक न झपकी पल भर को, आंखों में राम समाए हैं,
आंचल से साफ किया आसन, बैठन को दिया आराम से,
मिलन बड़ा ही सुंदर था, शबरी का प्रभु श्रीराम से।

प्रभु की महिमा कितनी निराली, भक्त के घर वे आए हैं,
निर्मल छाया से अपनी, मान को उसके बढ़ाएं हैं,
प्रभु शरण में जो भी जाता, वह छुट जाता जंजाल से,
मिलन बड़ा ही सुंदर था, शबरी का प्रभु श्रीराम से।

मिलन बड़ा ही सुंदर था, शबरी का प्रभु श्रीराम से,
जूठे बेर चखन को आए राम अयोध्या धाम से।

© कवयित्री / **प्रज्ञा 'माया' शर्मा**

कुछ वादे चाहती हूँ माँ

गर्भ में तेरे बड़ा सुकूं है, पल हर पल मुस्काती हूँ मैं,
जीवन में आने से पहले, वादे कुछ चाहती हूँ मैं ।

आने से मेरे, आंगन में तू खुलकर हंसना गाना माँ,
काश हो जाता बेटा अबके, ना अफसोस जताना माँ,
जग बातें सुनकर बदल ना जाना घबराती हूँ मैं,
जीवन में आने से पहले वादे कुछ चाहती हूँ मैं ।

नभ को छूने का सपना आंखों में रोज सजाना माँ,
फर्क नहीं बेटा बेटी में करके यह दिखलाना माँ,
पर बातों से दोहरी जग की डर जाती हूँ मैं,
जीवन में आने से पहले वादे कुछ चाहती हूँ मैं ।

प्रतिभा के दम पर भरी उड़ान को नहीं रोकना माँ,
बेटी हूँ यह कहकर हर पग पर नहीं टोकना माँ,
फरक में बेटा बेटी की क्यूं रोज़ सताई जाती हूँ मैं,
जीवन में आने से पहले वादे कुछ चाहती हूँ मैं ।

बेटी पढ़ाओ की नहीं जरूरत, बेटा पढ़ाना होगा माँ,
संस्कारों की शाला में अब उसे तपाना होगा माँ,
वजह से उसकी हर कदम पर रोक ली जाती हूँ मैं,
जीवन में आने से पहले वादे कुछ चाहती हूँ मैं ।

सीमाएं मैं जानू अपनी, ना बंधन में कभी जकड़ना मां,
मज़बूती देना संकल्पों को, कमजोरी कभी ना बनना मां,

तेरे साथ का हौसला है मां बतलाती हूं मैं,
जीवन में आने से पहले वादे कुछ चाहती हूं मैं ।

गर्भ में तेरे बड़ा सुकूं है, पल हर पल मुस्काती हूँ मैं,
जीवन में आने से पहले वादे कुछ चाहती हूँ मैं ।

© कवयित्री / **प्रज्ञा 'माया' शर्मा**

गुल्लक

नए साल में नई प्रतिज्ञा के संग रखा नया कदम,
दो गुल्लक लाई हूं मैं, भरुंगी जिसमें खुशी और ग़म ।

इक गुल्लक में चुन चुन कर मैं, हर दिन खुशियां जमा करुंगी,
दूजी में दुख चिंताएं, सारी मैं हर रोज धरूँगी,
देखूंगी जीवन में क्या अब, ज्यादा मिलता और क्या कम,
नए साल में नई प्रतिज्ञा के संग रखा नया कदम ।

मुझे पता हर नया सवेरा, लेकर आता है मोड़ नया,
अब लेखा-जोखा रखूंगी, क्या पाया है क्या छूट गया,
फ़र्ज़ निभाने हैं अपने और करने भी है सही करम,
नए साल में नई प्रतिज्ञा के संग रखा नया कदम ।

जब भी देखूं ग़म की गुल्लक, लगती मुझको है भारी,
खुशियों की गुल्लक बिल्कुल, खाली रहती है बेचारी,
नहीं वो मिलता जो चाहत है, फिर आंखें हो जाती है नम,
नए साल में नई प्रतिज्ञा के संग रखा नया कदम ।

याद मुझे फिर आया मैंने, ग़म तो सारे जमा किए,
लेकिन खुशियों के पल अपने, मैंने सबको बांट दिए,
सोचकर ये सारी बातें, दिल मेरा नाच उठा छम छम,
नए साल में नई प्रतिज्ञा के संग रखा नया कदम ।

© कवयित्री / प्रज्ञा 'माया' शर्मा

पिता की व्यथा

पिता के दिल की चुभन है गहरी, पर दिखता नहीं कोई निशान,

वो आंसू भी बहा ना पाए, ना ही दुख कर सके बयान ।

बाप ना छोड़े कसर कोई, बेटी को सबल बनाने में,

तन मन धन वो जुटा रहे, आगे उसे बढ़ाने में,

पिता जो देता है कुर्बानी, उसका होता नहीं बखान,

पिता के दिल की चुभन है गहरी, पर दिखता नहीं कोई निशान ।

बचपन से ही बिटिया को पलकों पर सदा बिठाता है,

कांधे पर बैठाकर सारा शहर घुमा कर लाता है,

अपने ही दिल के टुकड़े को, करना विदा नहीं आसान,

पिता के दिल की चुभन है गहरी, पर दिखता नहीं कोई निशान ।

बेटी तो ससुराल गई पर, इक-इक याद सताती है,

मिले इजाज़त तब भी वो, मुश्किल से मिलने आती है,

दूर करें जो अपनों को ही, कैसा है यह कठिन विधान,

पिता के दिल की चुभन है गहरी, पर दिखता नहीं कोई निशान ।

छोड़ के आंगन चली गई, जो इक चंचल सी चिड़िया थी,

कभी रूठती फिर हंस पड़ती, ऐसी प्यारी सी गुड़िया थी,

सबसे ऊंचे दानवीर हो वो, किया जिन्होंने कन्यादान,

पिता के दिल की चुभन है गहरी, पर दिखता नहीं कोई निशान ।

पिता के दिल की चुभन है गहरी, पर दिखता नहीं कोई निशान,

वो आंसू भी बहा न पाए, ना ही दुख कर सके बयान ।

© कवयित्री / प्रज्ञा 'माया' शर्मा

कविता

धरती की तपन को अपने में समा कर,

बरस जाता हूँ बूंदो सा हक अपना जमा कर,

जुदाई की शिकायत न करना मुझसे तुम,

भिगो देता हूँ तुम्हें एहसास अपना थमा कर

बरस कर तुम पर अंग अंग खिला देता हूँ,

किसी प्यासे को जैसे कुएँ से मिला देता हूँ,

सहन न होती तड़प मुझसे जब तेरी,

तरसती रुह को घूंट अमृत का पिला देता हूँ

हरियाली चुनरियां इस तरह लहलहाती हो,

साथ मस्त हवाओ के प्रेम गीत गुनगुनाती हो,

नहीं समेट पाती जब खुशी को तुम अपनी,

गरमाई समीर सी मिलने ....तुम फिर चली आती हो

© कवयित्री / प्रज्ञा 'माया' शर्मा

दिल का गुबार

प्रचंड रवि की किरणों से,
हर दिन ये धरती तपती है ।
उसी तरह मन में कुंठा,
कितनी ही रोज़ पनपती हैं ।

धीरे–धीरे मन चित्तवन पर,
बातों की परतें चढ़ती है ।
कुछ मिटती है, कुछ रह जाती,
कुछ बनती और बिगड़ती है ।

घुटन जमा हो कर मन में,
हर पल को भारी करती है ।
फूट न जाए *दिल का गुबार, *
सोच के रूह ये डरती है ।

इक –इक बूंद जमा होती है,
रूप मेघ सा धरती है ।
फिर खुद से टकराकर वो,
धरती पर वर्षा करती है ।

आंसू और वाणी से जब तक,
ना परतें खाली होती है,
अविरल धार सी बहती रहती,
संयम अपना सब खोती है ।

भारी मन कर मानव तू क्यों ?

बोझ उठाकर चलता है ।
न भाए जिसकी बातें मन,
क्यों क्षण उसी ना कहता है ?

गांठ बांध ले गर तुझको,
ये जीवन रखना है खुशहाल,
दिल का गुब्बार तड़पायेगा,
दिल से बाहर इसे निकाल ।

© कवयित्री / प्रज्ञा माया शर्मा

वसंत ऋतु

वसंत ऋतु सा रिश्तो को भी, जामा नया पहनाते हैं,
भूल के सारी कड़वी बातें, दिल में प्रीत जगाते हैं ।

बोझ लगे जो बीती बातें, सूखे पत्तों सा झड़ने दो,
नई हवा को नए सिरे से, सोच में अपनी बढ़ने दो,
छोड़ के पीछे पतझड़ को वसंत नया अपनाते हैं,
वसंत ऋतु सा रिश्तो को भी जामा नया पहनाते हैं ।

अपनेपन की हरियाली से, रिश्तो को अपने खिलने दो,
कड़वाहट को दूर करो, कोयल सी बोली घुलने दो,
अंकुर बो कर प्रेम का फिर से, प्रेम के फूल खिलाते हैं,
वसंत ऋतु सा रिश्तो को भी जामा नया पहनाते हैं ।

वसंत ऋतु सा रिश्तो को भी जामा नया पहनाते हैं,
भूल के सारी कड़वी बातें दिल में प्रीत जगाते हैं ।

© कवयित्री / **प्रज्ञा 'माया' शर्मा**

अद्वैत प्रेम है मेरा

तेरी सेवा में मेरे भगवान्
जीवन अपना लगा दिया
अद्वैत प्रेम है तेरा मेरा
पग पग पर तूने बता दिया
ढूंढा आंख खोलकर तुझको
ना तू किसी भी दिशा मिला
देखा जब आंख मूंदकर मैंने
मन मंदिर में तेरा निशां मिला
राहों के कांटे चुन चुन कर
फूलों से जीवन सजा दिया
चुभन हुई मुझको तो तुमने
नैनों से धारा बहा दिया
हाथों से मेरे ओ प्यारे मोहन
भोजन तुझको कराती हूं
तृप्त हो जाता मेरा तन मन
जब तुझको भोग लगाती हूं
तेरा मेरा रिश्ता भगवन्
दर्पण जैसा लगता है
तू मुझ में और मैं तुझमें
अक्स एक ही दिखता है
अपने चरणों से मुझको साथी
कभी अलग ना करना तुम
तुझ में मुझ में भेद न कोई
इसी भाव को रखना तुम

 सपना राहुल जैन

व्यक्तिगत परिचय

जन्मतिथि	: 13 जनवरी, 1986
पिता	: भूपेन्द्र कुमार करावत
माता	: लक्ष्मी जैन
शिक्षा	: बी.एससी., एम.एससी. (जूलॉजी)
सम्प्रति	: गृहिणी, लेखक
प्रकाशित कृतियां	: बहुत कम लिखा पर अभी तक की लिखी हुई सारी कृतियां "हम हिन्दुस्तानी यूएसए" के अंतर्गत प्रकाशित हुई
पता	: अहमदाबाद, गुजरात
ईमेल	: jainsapana1986@gmail.com
दूरभाष नंबर	: 76987 63325
ब्लॉग	: Youtube Channel – 'Mere Lamhe with Sapana'
Instagram	: mere-lamhe-with-sapana-poem-1986

अनकही हमसफ़र से

हमसफ़र मेरे क्या बताऊँ मैं तुझको,
तेरी बाहों में कितना सुकून आता है।
न हूँ पास तेरे, फिर भी साये में मेरे,
तेरा अक्स ही मुझको नज़र आता हैं।
है साथ अपना न जाने कहाँ तक,
न परवाह मुझको इसकी सताए।
समंदर से गहरा, रिश्ता है तेरा मेरा,
न इसके किनारे मुझे नज़र आऐ।
लहरों सी उठती, भावनाओं में कभी,
नाराज़ भी शायद हुई होगी तुमसे।
है ज़िंदगी छोटी, बस यही सोच के हम,
छोड़ नाराज़गी तेरे पास आऐ।
रूठना तेरा एक पल न गवारा है मुझको,
तेरे साथ ही हम हर पल मुस्कुराऐ।
न बीते एक पल भी तेरा किसी गम में,
तु हर पल हर क्षण यूँही मुस्कुराऐ।
हमसफ़र है तु मेरा, ये नाज़ है मुझको,
मेरे दिल की धडकन यही गीत गाऐ।
अनकही थी जो बातें, अब तक मेरे दिल की,
आ बैठ, पास मेरे, आज तुझको बताऐ।

उडान सपनो की

आसमा में देखा मैने एक उडती पतंग को,

सोचा मेरी हालत भी कुछ पतंग सी है।

उडने को तैयार, हौसलो के साथ,

बस ज़रूरत एक ऊर्जावान झोंके की है।

पहले डरी, उड उड के गिरी, सोच में पडी,

उड न पाऊँगी कभी।

थोडी कसमकस सी भावनाओ में हुई,

छुट न जाऐ मुझसे, मेरी दुनिया कोई।

मिला साथ अपनो का, जोश भर सा गया,

फिर हवाओ के साथ, मेरा रिश्ता बन गया।

अब न रुकूँगी, न डरुँगी, न पीछे हटूँगी

राह पकडी हौसलो की, तो मंज़िल हासिल करुँगी।

भरी है उडान अब सपनो ने मेरे,

तो सपनो को मेरे हकीकत करुँगी।

तो सपनो को मेरे हकीकत करुँगी।।

© कवयित्री / सपना राहुल जैन

जब देखा था तुम्हे पहली बार

जब देखा था तुम्हे पहली बार

सोचा न था कि तुम हमसफ़र बन जाओगे।

ठहरी थी नज़र थोडी देर के लिए तुम पर,

सोचा न था कि तुम सपनों में ठहर जाओगे।

कहते है साथ सात जन्मों का होता हैं,

सात जन्मों का तो हमे पता नही,

हमें तो इस जन्म में प्यार का समंदर मिल गया।

न सोचा था हमनें ख्वाबों में भी जितना,

उससे ज्यादा तो मुझें हकीकत में मिल गया।

मुबारक समा वो मुबारक घडी थी,

जब हम दोनो के प्यार की जोडी बनी थी।

ये करोडों तारें भी साक्षी बने थे,

जब हम दोनो अग्नि के समक्ष खडे थे।

ले हाथ हाथों मे सातो वचन लिए,

एक दिन हम नई राह पर चल दिए।

आज के दिन वो लम्हा बंधा था,

तेरी साँसो के साथ मेरी साँसो का रिश्ता जुडा था।

बीत गये कई साल युँही हँसते हँसते,

बीत जाए ये सारी उमर तेरे साथ चलते चलते।

दिल के ज़ज्बातो को मैने इस अफसाने में लिख डाला,

तु माने या न माने,

अपनी साँसो को हमने तेरे नाम कर डाला।।

© कवयित्री / सपना राहुल जैन

खौफ़

ये खौफ़ कैसा है चारो तरफ,
क्युँ हर कोई दुश्मन नज़र आ रहा हैं।
न मिला हाथ दोस्ती का एक दुजे से,
हर कोई दुर ही जा रहा हैं।
न अपना हैं पास, पराये से क्या बैर
हर कोई फोन पर ही बतिया रहा हैं।
हैं शुक्रिया तकनीक तेरा तह दिल से
एक तू ही तो अपना नज़र आ रहा हैं।
क्यूँ शिकवा करूँ मैं, मेरे अपनो से,
अपनो पर भी तो खौफ़ मडरा रहा हैं।
गलत नही है वो, न मैं भी गलत हूँ
सबको अपना अपना गम सता रहा हैं
क्यूँ सोचू के सबसे कही दूर हुँ मैं,
ये लम्हा ही हमको, और करीब ला रहा हैं।
चार दिन का ये गम, चार दिन की ये दुरी
उसके बाद के ख्याल से भी मज़ा आ रहा हैं।
छटेंगे ये खौफ़ के, बादल भी एक दिन,
क्यूँ इस खौफ़ में खुद को भुला रहा हैं।
ले तन्हाई का आन्नद, न मिलेगी ये फिर से,
क्यूँ तन्हाई से तू घबरा रहा हैं
हो जा बेखौफ़ तु, इस खौफ़ के डर से,
अब तो ये खौफ़ भी, तुमसे घबरा रहा हैं।
अब तो ये खौफ़ भी तुमसे घबरा रहा हैं।।

© कवयित्री / सपना राहुल जैन

गृहणी

खुले आसमा के नीचे, अखियों को मींचे
ढूंढ रही थी अपने आप को, कि कहाँ हूँ मैं।
रसोई में खाना बनाती दिखी मैं,
बच्चो को प्यार से सँभालती दिखी मैं
बच्चे के जैसा एक पति है मेरा,
उसके भी नखरे उठाती दिखी मैं। खुले आसमा के नीचें .....
सुबह कि रसोई खत्म करती दिखी मैं,
फिर शाम को क्या बनाऊँ, ये सोचती दिखी मैं,
बच्चों को उनकी गलती पर डाँटती दिखी मैं,
फिर उसी बच्चे को प्यार से पुचकारती दिखी मैं। खुले आसमा के ......
सबकी ईच्छाओ को पूरा करती दिखी मैं,
सबके सवालो का जवाब देती दिखी मैं,
अपने अरमानों को, सबके बीच भुलाती दिखी मैं,
अपने अरमानों को टुटता देख, बेबस दिखी मैं। खुले आसमा के ....
सब कुछ खोने के बाद भी, सबकी शिकायतो का कारण दिखी मैं
हर बार अपने आप को सबके सामने, सही साबित करती दिखी मैं
अब अपने ही टुटें सपनो के लिए, सबसे लडती दिखी मैं,
अपने ही वजूद को, अपने ही आँखों मैं,
ऊपर उठाने की कोशिश करती दिखी मैं
खुले आसमा के नीचे ....
एक छोटे प्यारे बच्चे की माँ के रूप में दिखी मैं,
पति की आशाओ के पुरा करती, पत्नी के रुप मैं दिखी मैं,
एक छोटा सा आशियाना है मेरा, उसी आशियाने को सवाँरती,
गृहीणी के रूप में दिखी मैं, हाँ एक गृहीणी के रूप में दिखी मैं।।

© कवयित्री / सपना राहुल जैन

दोषी कौन

बडी सिध्दत से कलम को हाथ मे लिया,

सोचा आज बलात्कार के विषय मे लिख डालूँ,

और बढते बलात्कार के किस्सो का मैं, दोष किस किस पर डालूँ।

पहले थोडा लोगो कि सोच को टटोला, कहते है लोग,

उकसाता है लडको को लडकियों को चोला।

लडकियों का साजो श्रृंगार, उनके ही पतन का कारण बनता है,

लडकियों का लडको से खुलकर मिलना ही,

उनके इन हादसों का साधन बनता हैं।

तो तर्क करती हूँ मैं, क्या दोष है उन नाबालिग बच्चियों का,

जिनके उर्म का दायरा दो से आठ साल का होता हैं।

अगर कपडों का साइज़ लडको को उकसाता है तो, क्या करे वो छोटी बच्चियाँ,

जिनके कपडों का साइज़ ही छोटा होता हैं।

इतनी मासूम सी उमर में उनके साथ ऐसी बर्बरता की खबरों से, दिल सहम उठता हैं।

कितना कठोर होता हैं उन लोगो का दिल, जिनका हाथ

ऐसे मासूमों के कपडे खींचने को उठता हैं।

दोष है उस परवरिश का जो ऐसी करतूत के बाद,

अपने लडको को पनाह देते है।

दोष है उस परवरिश का जो लडको को हर चीज़ की छुट,

और लडकियों को केवल सीमाऐ देते हैं।

दोष है उन नज़रो का जो मासूमियत में कमसिन जवानी ढूँढते हैं।

दोष है उस सोच का जो मासूम लडको में भी,

अपनी हवस का ठिकाना ढूँढते है।

मेरी निगाह में दोष उस सोच का है जो ऐसे गुनाह को पनाह देते हैं

ममता की पहली दस्तक

पलके बिछाऐ जिसका इंतज़ार कर रही थी,
आँखो में हज़ार सपने लिए बेकरार बैठी थी।
लो आ गई आज वो अनमोल घड़ी
मेरे आँगन में भी ममता कि पहली दस्तक हुई।।
वो आई मेरी कोख में, इतनी खुशियो के साथ,
कि उसके कही खो जाने के ख्याल से भी,
दिल सहम जाता था।
काम करता था मेरा शरीर हर वक्त,
पर मेरे दिल की नज़र तो हर वक्त,
उसकी हलचल पर होती थी।
हर वक्त अपने साथ होने का एहसास,
मेरे पुरे दिन की थकान को,
एक पल मे मिटा देता था।
उसके अपने अंदर होने का एहसास,
मुझे अपने चटपटे स्वाद से,
हर पल होता रहता था।
उसकी हर लात पर मेरा रोम रोम खिल उठता था,
कितना चंचल है मेरा आने वाला मेहमान,
ये सोच कर ही दिल झुम उठता था।
आखिर आ गई, वो अनमोल घड़ी,
अगस्त के महिने में मेरी नन्ही परी हुई,
एक छोटी नन्ही परी के रुप मे,
मेरे आँगन मे भी ममता की पहली दस्तक हुई।।

© कवयित्री / सपना राहुल जैन

सच्चे आशिक की दस उलझन

एक हंसी पर दिल आया है मेरा,
उस हसीना को मैं ये बताऊँ कैसे।
दो कातिल नैना है जिसके,
उससे मैं नैना मिलाऊँ कैसे।
कहना चाहता हुँ तीन लफ़्ज़ उसको,
पर उसे ये एहसास कराऊँ कैसे।
ढुंढा जिसे मैने चारो दिशाओ में,
तुम वही हो ये उसको बताऊँ कैसे।
पंचरंगी साडी में लगती हो खुब,
इस कहर से खुद को बचाऊँ कैसे।
छ : दिन होते हैं काम के मगर,
ये एक दिन छुट्टी का बिताऊँ कैसे।
सात समंदर से भी गहरा हैं प्यार मेरा,
पर उससे ये प्यार जताऊँ कैसे।
याद आती हैं मुझको वो आठों पहर,
बिना उसके एक लम्हा गुज़ारूँ कैसे।
नौ लखा जैसा कीमती दिल हैं उसका,
उस दिल में अपनी जगह बनाऊँ कैसे।
युँ तो मेरे जीवन में दस उलझने हैं,
पर इस इक उलझन को सुलझाऊँ कैसे।

हँसी लम्हे

जीवन मे हर तरह के लम्हे होते है।
कुछ हँसी तो, कुछ बुरे होते है।।
बुरे लम्हो को अपने जीवन से,
मिटाया नही जा सकता।
पर उन्हे याद करके ये जीवन भी तो,
गवाँया नही जा सकता।।
क्यो याद करें उन लम्हों को,
जो तेरे जीवन को अँधेरा दे जाऐ।
याद कर उन हँसी लम्हो को
जो तेरे जीवन को नई ऊर्जा दे जाऐ।
याद कर वो बचपन,
जिसकी हर शुरूआत में एक संघर्ष होता था।
और हर संघर्ष का मुकाम,
एक अच्छे अंजाम पर होता था।
क्यो न जीवन के इस पडाव को भी,
बचपन की तरह जिया जाऐ।
जीवन के हर नये संघर्ष को,
बचपन के संघर्ष की तरह लिया जाऐ।
जिस तरह बचपन में गिर गिर के चलना सिख गयें हम,
वैसे अभी भी संभल जाऐंगे।
एक बार उठने की हिम्मत तो कर,
निश्चित ही अपनी मंजिल तक पहुँच जाऐंगे।
माना कि आसान नही बुरे लम्हो को, पीछे छोड आना।
पर इतना मुश्किल भी नही, हँसी लम्हो को याद करके मुस्कुराना।।

माँ

माँ आपके बारे में, मैं क्या कहूं,

किन शब्दों में आपकी मैं व्याख्या करूं ।

मेरा प्यार आपके प्यार के आगे कुछ भी नहीं

कहूँ सम्मान में आपकी मैं क्या, मेरे पास इतने शब्द ही नहीं ।

फिर भी शब्दों की माला बना रही हूं, आपके लिए अपने जज्बात लिख रही हूं।

आप ही मेरी आदर्श है, आप ही मेरी मार्गदर्शक,

आप ही मेरी प्रेरणा हैं, आप ही मेरी शिक्षक ।

व्यक्तित्व मेरा है आपने निखारा,

मेरी हर भूल को है आपने संवारा।

माना कि आप ज्यादा पढ़ी लिखी नहीं,

पर सिखाया जो आपने, वो सीख कहीं मिली नहीं ।

कभी गलतियों पर भले हो आप ने मारा,

फिर बड़े प्यार से आपने ही पुचकारा।

आपकी पूरी ज़िन्दगी समझोतो में गुजर गई,

पर हमारी हर ख्वाहिश, हर इच्छा पूरी हुई ।

आपने इन सब के बदले हमसे सिर्फ विश्वास मांगा,

और हमारे व्यक्तित्व में मर्यादा का साथ मांगा ।

हमने कभी गुस्से में, अपमान भी किया होगा आपका,

फिर भी कभी छोटा नहीं हुआ, आंचल आपके प्यार का ।

आंचल में आपके वो सुकून है, जो हमको कहीं मिला नहीं,

"मदर्स डे" तो दस्तूर है,

वरना आपसे प्यार जताने का, ये एक दिन काफी नहीं ।।

राहें नई चुनने का

डर जाए तूफान भी, तू ऐसी हुंकार भर,

ना समझ कमजोर खुद को, खुद पर तू विश्वास कर।

हो भरोसा अगर खुद पर, तो काफिला जुड़ जाएगा,

देख तेरे कामयाब सफ़र को, वो नए सपने सजाएगा।

दम तो भर तू एक बार, सब मुश्किलें छँट जाएँगी

घने अंधेरों से भी छट के, आशा की किरणें आएंगी।

भरपेट भोजन करके भी, पुन ः भूख लग जाती है,

तो क्यों एक असफलता तुझे, यूं निराश कर जाती है।

स्वीकार कर इस हार को, खोज तू कमियों की कर,

दूर कमियां तेरी करके, तू नई शुरुआत कर।

टूटे खंडहरों से ही, नए सृजन किए जाते हैं,

और उन्हीं महलों को देख, तारीफ तेरी कर जाते हैं।

समय यही है गिर के उठने का,

अपने ख्वाबों को फिर संजोने का,

पिछली भूलो से सीख लेकर, राहे नई चुनने का,

पिछली भूलो से सीख लेकर, राहें नई चुनने का ।।

© कवयित्री / सपना राहुल जैन

सारिका ठाकुर

व्यक्तिगत परिचय

जन्म	:	7 जून 1994 धनबाद, झारखंड
पिता	:	श्री किशोर कुमार ठाकुर
माता	:	श्रीमती अर्चना ठाकुर
सनातक	:	एस.एस. एल. एन. टी. महिला महाविद्यालय संबद्ध वि.भा.वि.वि.हजारीबाग
परास्नातक	:	काशी हिन्दू विश्वविद्यालय, वाराणसी (हिन्दी साहित्य) बी.एड., एम.एड. (एकीकृत) : महात्मा गाँधी अंतर्राष्ट्रीय हिंदी विश्वविद्यालय, वर्धा, महाराष्ट्र, राष्ट्रीय पात्रता परीक्षा (NET) : हिन्दी/शिक्षाशास्त्र
सम्प्रति	:	सहायक प्रोफेसर, बी.पी.एस.पी.बी.एड. कॉलेज, औरंगाबाद, बिहार
प्रकाशन	:	अपनी-अपनी हमें पड़ी (काव्य संग्रह), हिन्दी दलित साहित्य : विमर्श के आइने में, अर्ध सत्य तुम, MY STERIOUS THOUGHT, अजस्र स्रोत तुम, सिमटी ज़िन्दगी (कोविड काव्य संग्रह) साझा संग्रह एवं राष्ट्रीय एवं अंतरराष्ट्रीय पत्र पत्रिकाओं में शोध आलेख प्रकाशित।
पत्राचार का पता	:	आकांक्षा धरम कांटा, पटेल नगर, पटना रोड, पोस्ट भखरुआ मोर, दाउदनगर, औरंगाबाद, बिहार
ई-मेल	:	sarikathakur406@gmail.com

बस थोड़ी धूप

ना चाहिए प्रेम अगाध
ना ही दिखावे के अगाध रूप
अंधियारे को मिटाने को
चाहिए उसे बस थोड़ी धूप...
ना ही भरी खुशियों की झोली
ना अधिकार तराजू में तोली
ना सीमित शब्दों में सीमित बोली
मन का घाव दिखाने को
चाहिए उसे बस थोड़ी धूप..
न मातृसत्तात्मकता का शासन उसे
ना आदेश का सिंहासन उसे
ना दंश भोगता भीषण जीवन उसे
गहरे घाव को सुखाने को
चाहिए उसे बस थोड़ी धूप..
ना अंधे रुढ़ धर्म ढोने को
ना विरह कल्प बोने को
न अबला अभागन बन ताउम्र रोने को
अश्रु बूंदों के छूमंतर को
चाहिए उसे बस थोड़ी धूप..
ना कोई जिद, ना ही शैतानी
ना सुनानी व्यथा सनी कहानी
ना देनी अपनी और कुर्बानी
पंख पसार उड़ने को
चाहिए उसे, बस थोड़ी धूप..।

आदमी आदमी को

चढ़ रहा है आदमी
कुचलकर आदमी को
बढ़ रहा है आदमी
बदलकर आदमी को
जग रहा है आदमी
गहरी नींद में डालकर आदमी को
भाग रहा है आदमी
मरता भाँपकर आदमी को
पा रहा है आदमी
छीनकर आदमी को
भा रहा है आदमी
आँख मींचकर आदमी को
क्षण को सखा, क्षण शत्रु बना
क्षण घृणा, क्षण प्रेम में सना
वक्त आये
दिखलाये आदमियत अपना
वक्त के आड़े
खोये आदमियत अपना
हिंसा जो इसका सहयोगी है
न रहा अब कोई वियोगी है
जिसका पैसा उसकी सत्ता
जुए सा है फेके, जीवन पत्ता
अब षड्यंत्र सबका राजा है
टके सेर व्यक्ति, टके सेर खाजा है।

© कवयित्री / सारिका ठाकुर

वह देश के किसान है

हर दु ःख सहकर भी जो हँसते हैं

मिला जो जितना उतने में संतुष्ट रहते हैं,

जीवन में खुशहाली के गीत गाते हैं

बंजर भूमि पर भी जो फसल लहराते हैं

वह देश के किसान हैं ..

माटी से लथपथ रहता तन है

अभाव और सीमितता से घिरा जीवन है

बिखेरे मुस्कान, समेट हर दु ःख गान

तब भी कृत संकल्प मन औ प्राण है

वह देश के किसान है ..

जोड़–जोड़ चार पैसे ही बच पाते

बीज–खाद भी अपूरित

भर आधा पेट सो जाते

काम आए हर वक्त उधारी के ही खाते

कर्ज के बोझ में डूब कर भी जिंदा ईमान है

वह देश के किसान है ..

क्या गर्मी–क्या जाड़ा

क्या आंधी–क्या पाला

क्या अस्वस्थता, क्या आप विपदा का आना

हर परिस्थिति में तत्पर झेलने को तूफान है

वह देश के किसान है ..

युगो–युगो से चली आ रही प्रथा यही

उसने ही अतिशय व्यथा सही

हर योजना और अधिनियम फली–फूली

पर अव्यक्त व्यथा लिए चढ़े वह ही सूली

मृत जीव नहीं, हाड़ मांस युक्त इंसान है

वह देश के किसान है ..
तुम चाहे जितनी कोशिश जोड़ लो
सत्य से मुख मोड़ लो
यह नियति तुम्हें जा उससे मिलायेगी
भारतवर्ष समवेत स्वर इंसाफी गीत गायेगी
अभी वक्त को भी अभिमान है
वह देश के किसान है ..।

© कवयित्री / सारिका ठाकुर

रात का अंधेरा

सुना है रात के समय
जंगलों में, सन्नाटा छा जाता है
झिंगुरों की ध्वनियाँ, सन्नाटे का प्रमाण
पर लंबे, घने और विशाल
बरगद, पीपल के पेड़, झाड़-झक्कड़
से घिरे जंगलों में
गूंजा करती है अनगिनत आवाजें
बस्ती के किनारे का जंगल
जहां आए गए दिन
हैवानियत की बलि चढ़ती
जाने कितनी बालाएं हैं
करुण क्रंदन, चीख और
बचाव की हृदय कम्पित पुकार
जो नहीं पहुंचती किसी के भी कानों तक
खाली हाथ लौटने पर
अपना लेते हैं पेड़ उन्हें
और, जब वह पवित्र आत्मा
अपनी अपवित्र दास्तान सुनाने को
ढूंढती है मार्ग अभिव्यक्ति के
तो उन्हें लौटा देते हैं वे
उनका ही उन्हें सौंप रहे हो
जो तब प्रयोजन सिद्ध ना कर सकी हो
क्रोध, विरोध, अवरोध सब का माध्यम वह
अनजान, अनगिनत, अनहद चीखें . ।1

बयां-ए-ज़िन्दगी

सहना ही होता सब को
अपने हिस्से का दर्द-ए-ग़म है
मिल जाता किसी को जरूरत से अधिक
किसी को कम है
बाँट ले खुशियां कुछ या दो बात
रहता उसमें संग अकेलापन, संताप
उसमें ही घुड़कनिया मारता रहता है
हो-हो सामना भी भागता रहता है
भले ही ना मिले उसे उसके हिस्से की धूप
पर परछाई सा चलता संग यह अपरुप
झुठला ले, तनिक खिझला ले जरूर
पर आ गिरता झोली में स्वयंमपि
कह "जी हुजूर"
वह उसकी वह और उसकी उलझन है
उलझन और उसका वह
बस इतना ही तो यथार्थ होता है
सुखद क्षण के बदले गम लेता है
वह जब जीवन भर की कमाई मिलाता है
दुख, बेचैनी, दंश, संताप छोड़ क्या पाता है
जो उसकी बहुमूल्य संपत्ति रही
जिन संग जीवे वह गहि-गहि ।

क्या बात है जनाब

क्या बात है जनाब
सड़कों पर अब भी असहायों की भीड़
नहीं कईयों को मिल रही छोटी नीड़
पैसे-पैसे को जन मोहताज है
तमाशा करने वालों के शीश ताज है
और आप दिखते नहीं! क्या बात है
याद है पर साल की लगी गली-गली भीड़ थी
सड़क, धर्मस्थली, चौराहों सब और बात चली थी
मुफ्त में रोटी, कपड़ा और शराब मिलती थी
तब भी मन न भरा प्रचार पर नंबरी मिलती थी
दो-दो हाथ धन लूटाया था
जन मन विजय दृश्य छाया था
और कहते कि बिकते नहीं! क्या बात है ..
शोरगुल के बाद यह कैसा सन्नाटा छाया है
सुखद पलों की बेला में दु:खों ने कतार लगाया है
चारों ओर लाचारी, बेरोजगारी और अमानवीयता
और औरों ने और और की चाह बढ़ाई है
तब भी गढ़ नई नीति और फैला विद्रूपता
आप थकते नहीं! क्या बात है ..
जन-जन के सजग चितेरे कहलाने वाले
हो स्वार्थ सनित या बन बैठे हो मतवाले
समक्ष ही घटित सब पर तुम बैठे बन अनजान हो
सुखद, साधारण जीवन को बना बैठे शमशान हो
अनर्गल ही, कटु सत्य पर बकते नहीं! क्या बात है ।

© कवयित्री / सारिका ठाकुर

वह विधवा मां है

असुरक्षा और अभाव का दंश लिए
मज़बूरन जीती अपने अंश के लिए
दोहरे संघर्ष पर दोहरा घाव है
प्रेम और अपनत्व का चल रहा अभाव है
और कुछ नहीं जीवन का बहाव है
क्योंकि वह विधवा मां है...
लाज-सम्मान को ढोकर ही चलती है
प्रश्न भरी निगाहों से बच निकलती है
उठे उंगलियों को अब कौन रोकेगा
हर कोई प्रयोजन वश अपनी रोटी सेकेगा
क्रूर जमाना है
क्योंकि वह विधवा मां है
युगों-युगों से चली आयी रीत यही है
कभी सती तो, अग्निपरीक्षा को सही है
अभागन, अपशकुन ही माना उसे
संवेदना होगी जरा भी, न जाना किसी ने
पर होगी कहां उसकी व्यथा बयां
क्योंकि वह विधवा मां है
परिपूर्णता अब उसका भाग्य नहीं
कहलाएगा अभागा बढ़-बढ़ बाद भी
पूर्णता को जब समझौते का हाथ बढ़ाएगी
जग में कुलटा, भ्रष्ट ही कहलाएगी
नहीं ढाँचे में फिट उचित वह पात्र है
क्योंकि वह विधवा माँ है...
ईश्वर ने वरदान सह शाप दिया
यह सुख भी औरत के हीं भाग्य लिखा

जननी, अबला, विधवा ही परिभाषा
स्वीकारने को धर्म के देते दिलासा
सृष्टि की संरक्षक और सर्जक
फिर हर दंश उसने गले लगाया
मुस्कुराकर बचाए रखा प्रकृति प्रदत्त प्राण है
क्योंकि वह विधवा मां है।

© कवयित्री / सारिका ठाकुर

एक वर्ग

पेट में क्षुदा, मन में जीजिविषा लिये..
पलको के नीच झाई, लैम्प में धुंधलाये पन्ने पलटते..
चीथडों को ही ओढ़ कर, जाड़ो में थर्र थर्र कांप रहे..
घसीटता बढ़ रहा देखो एक वर्ग है..
न अंधियारे का भय, न किसी हिंशक पशु का ही..
न भय जल जाने, भींग जाने का ही..
भय बस पीछे रह छूटने का है..

भूख से बिल्लाना, अभागन के भाग फूटने का है..
तभी ढूँढ़ने चला नरक से निकल, धरा पर स्वर्ग है..
घसीटता बढ़ रहा देखो एक वर्ग है..
वह जो नहीं जानता रीति, नीति, तौर तरीके..
सभ्यजनों के मध्य जीने के सलीके..
फिर भी दाता बन दान को इच्छुक..
दुःख भांप अश्रु पोंछने को तत्पर..

अभाव का भागी, अकेले का सहगामी..
पाताल से खींच जीवन लाने को कर रहा उत्सर्ग है..
घसीटता बढ़ रहा देखो एक वर्ग है..
नियति, नियत, नियमावली सबका उससे बैर है
कभी धकेलता, तो खींच रहा कोई पैर है
कि वह बना जो, आजीवन वह बना रहे
उन जंजावातों में घुट घुट सना रहे..

जीवित, यथावत, यथानुरुप उसका वर्चस्व है..
घसीटता बढ़ रहा देखो एक वर्ग है..

जो तुम एक हाथ भी बढ़ाते, देते चलने को कांध उसे..
यकीनन दौड़ पड़ता जीवन समर में, करते जो निर्बाध उसे..
पर वह चल रहा, दीर्घ समय लगना है
देर सबेर ही खिलेंगे कुमुदनी, पर युग बदलना है..
होगा अपनी निश्छलता से हृदय के तुम्हारे सन्निकर्ष है...

घसीटता बढ़ रहा देखो एक वर्ग है..

© कवयित्री / सारिका ठाकुर

सरोज सिंह 'सूरज'

जन्मतिथि	:	18 नवंबर
पिता	:	श्री मधुसूदन सिंह चौहान
माता	:	श्रीमती कमला देवी
पति	:	डॉ.पुष्पराज सिंह परिहार
शिक्षा	:	एम ए हिंदीसाहित्य एम एड (मास्टर ऑफ एजुकेशन) संगीत प्रभाकर
रुचि	:	पठन–पाठन लेखन, चित्रकला, गायन एवं समाज सेवा।
प्रेम	:	प्रकृति से
संप्रति	:	प्राचार्य – महाराणा प्रताप हाई स्कूल नागौद। संस्थापाक/अध्यक्ष – उड़ान साहित्यिक एवं सामाजिक समिति सलाहकार – राष्ट्रीय नागरिक अधिकार आयोग नागौद इकाई। सदस्य – अनूभूति समिति
सामाजिक सरोकार	:	सांस्कृतिक एवं सामाजिक कार्यों में सक्रिय भागीदारी
लेखन विधा	:	छंदबद्ध, छंदमुक्त काव्य, कहानी, लेख आदि लेखन की समस्त विधाएँ।
प्रकाशित कृतियाँ	:	सूरज के गाँव में काव्य संकलन, विभिन्न पत्र पत्रिकाओं में नियमित प्रकाशन एवं साझा संकलन प्रकाशित, उड़ान साझा काव्य संकलन का संपादन।

उम्र का का क्या है..

उम्र का क्या है..
उम्र तो गुजरती ही है लेकिन ....
सुना है, प्यार की कोई उम्र नहीं होती
प्यार तो बस हो जाता है ...
उम्र के किसी भी मोड़ पर...
जब तुम बोओगे आँखों की फसल...
तो बंजर ज़मीन पर भी उगेंगे
मेरे हजार चेहरे ... और देखना.,,
प्यार की तपिश से बरसेंगे बादल ....
हमें क्या लेना देना किसी के
हिस्से की मिट्टी से ..धूप से ....
एहसास की मिट्टी में जज्बात की तपिश
काफी है फसल लहलहाने के लिए ....
उम्र का क्या है उम्र तो ढलती ही है
लेकिन प्यार की कोई उम्र नहीं होती ...

© कवयित्री / सरोज सिंह 'सूरज'

स्त्री हूँ मैं

मत करो मेरा आकलन सौंदर्य से!
मत देखो मेरे केशों के, आंखों के,
अधरों के सौंदर्य को ......
सुन्दर चेहरे से परे मेधा भी हूं..
बुद्धि भी हूं मैं.............!!!
मत करो विश्लेषण ....
मेरी त्वचा की रंगत का, शारीरिक सौष्ठव का..
दैहिक सौंदर्य से परे ..
प्रतिभा भी हूँ क्षमता भी हूं मैं....!!
मत करो तुलना मेरी चाल की
मयूरी से, वाणी की कोयल से ...
रूप की, उर्वषी, रंभा से ....
रूप रंग शब्दों से परे कला भी हूं मैं...!!
तुम्हारी कलुषित भावना, लोलुप दृष्टि
डसती है मेरे संपूर्ण स्त्रीत्व को.....
मत देखो मुझे तृष्णां से..लालसा से..
वस्तु नहीं व्यक्ति हूं मैं ....
मत कहो देवी, मत करो छल, पाखंड
से भरी पूजा ..!! सम्मान करो मेरा..:.
क्यों कि स्त्री होने के साथ –साथ..
मनुष्य भी हूँ मैं .....
हाँ....जीने दो खुलकर अपनी ही तरह ..
तुम्हारी ही तरह मनुष्य हूं मैं....
हाँ स्त्री हूँ मैं......!!!!

हैं दिन चार ज़िंदगानी में (गज़ल)

सुनो न यार हैं दिन चार ज़िंदगानी में
गुज़र न जाएँ ये बेकार सरगिरानी में।

लुटा के जिस्म ओ जां चनाब की रवानी में
लगा दी आग मुहब्बत ने बहते पानी में…।

हमारा क्या है भरोसा कि कल रहें न रहें
तुम्हारी उम्र कटे यूँ ही शादमानी में…।

बुझी शमअ तो धुएँ से मुझे सदा आई
मैं गमशनास थी कल शब तेरी कहानी में।

तेरे नमक में कहाँ बात वो बता सागर
नमक घुला है जो पलकों से बहते पानी में।

© कवयित्री / सरोज सिंह 'सूरज'

वो बशर आदमी से जिया ही नही (गज़ल)

ज़ख्म जिसने किसी का सिया ही नहीं ..
वो बशर आदमी सा जिया ही नहीं ।

रंज–ओ–ग़म क्यूँ मुझे कोई तोहफ़े में दे ..
जब कि मैंने किसी को दिया ही नहीं ..।

तुम को ज़न्नत दिखे भी तो क्यूँ किस तरह ...
इश्क़ का ज़ाम तुमने पिया ही नहीं ...।

अहले दुन्या से जिसको छिपाना पड़े
काम मैंने कभी वो किया ही नहीं ...।

दो ज़हां का जो मालिक है उसके सिवा
मैंने अहसां किसी का लिया ही नहीं ।

वो जिन्हे मान बैठे हो अपना रदीफ़ ।
उनकी ग़जलों का तुम काफ़िया ही नहीं ।

क्यूँ नवाज़े तुम्हें अपनी रहमत से वो ...
इक दफ़अ भी कहा शुक्रियः ही नहीं

© कवयित्री / सरोज सिंह 'सूरज'

ओ हृदय के देवता (गीत)

हो तुम्हीं आराध्य मेरे, वंदना स्वीकार कर लो ।
ओ हृदय के देवता इस प्राण पर अधिकार कर लो ।

मीन सी हैं लालसाएँ, सिंधु सा गहरा प्रणय है ।
प्रीति की मुक्ता छिपाए, सीप सा मेरा हृदय है ।

आज यह मुक्ता हृदय को भेद अंगीकार कर लो ।
ओ हृदय के देवता इस प्राण पर अधिकार कर लो ।

तुम सदाशिव हो चिरंतन, और मैं अभिशप्त गंगा ।
शैलजा थी हिम सुता थी किंतु बन बैठी तरंगा ।

शाप मेरा ताप मेरा शीश धर निज भार कर लो ।
ओ हृदय के देवता इस प्राण पर अधिकार कर लो ।

वैजयंती की कली मैं, हो तुम्हीं घनश्याम मेरे ।
यह क्षणिक जीवन तुम्हें, अर्पण करूँ यह आस घेरे ।

दो चरण-रज या कि अपने कंठ का प्रिय हार कर लो ।
ओ हृदय के देवता इस प्राण पर अधिकार कर लो ।

© कवयित्री / सरोज सिंह 'सूरज'

फिर मानवता का त्रास हरो (गीत)

हे दीनबंधु करुणानिधान फिर धरती का परित्राण करो।
अवतार आज फिर से ले लो फिर मानवता का त्रास हरो।

जो असुर सँहारे थे तुम ने वो मनुज रूप में ढलते हैं।
मानव मन में बन अहंकार नित पोषित होते पलते हैं।

फिर स्वर्णमयी मारिचि रूप मृग का धर मन को छलता है।
फिर कालनेमि धर छद्म रूप पग-पग पर रूप बदलता है।

अब और विलंब करो मत राघव फिर मनुष्य का रूप धरो।
अवतार आज फिर से ले लो फिर मानवता का त्रास हरो।

सम्मान भूमिजा का धरती पर आज सुरक्षित कहीं नहीं।
जो धर्मध्वजा फहराई थी तुमने अब किंचित कहीं नहीं।

रावण जन-जन के अंतर्मन में अट्टहास अब करता है।
हर बार जलाया जाता फिर- फिर किंतु कहाँ वह मरता है।

निशिचर विहीन कर दूँ महि को फिर शपथ उठा हुंकार भरो
अवतार आज फिर से ले लो फिर मानवता का त्रास हरो।

चंद्र चंद्रिका प्रीति

(मनहरण सिंहावलोकन घनाक्षरी)

चंद्रिका हुई है मुग्ध प्रेम में मयंक के तो ।
व्योम के विजन डोले बन अभिसारिका ।

अभिसारिका वो मुख विधु का निहारती है ।
प्रेम की तरंग ले के बहती निहारिका ।

निहारिका तट हुआ यमुना कछार और
व्योम हुआ वृंदावन भूमि हुई द्वारिका ।

द्वारिका धरा में राका रुक्मिणी सी डाह करे ।
राकापति कृष्ण हुए राधिका है चंद्रिका ।

© कवयित्री / सरोज सिंह 'सूरज'

राधिका के नैन

(मनहरण घनाक्षरी)

दमकें दिवाकर से चमकें सुधाकर से
कालिमा में लगें जैसे, काली काली रैन हैं।

वाणी नहीं पाई किंतु बोलते हैं मीठी बानी।
मौन रहते हैं किंतु रस भरे बैन हैं।

चंचल हैं खंजन से इत उत डोलते हैं
दृष्टि पड़ जाए तो ये छीन लेते चैन हैं।

चीरते हैं आरी सम बींधते कटारी सम।
और कोई नहीं ये तो राधिका के नैन हैं।

© कवयित्री / सरोज सिंह 'सूरज'

नदी की राह मत रोको (गीत)

सुनो तुम खुरदुरे ओ सख्त से, काई लगे पत्थर।
अड़े हो राह में क्यूँ बेवजह यूँ एक अर्से से।
तुम्हें मालूम भी है? वक्त को तुमसे गिला है।
नदी की राह मत रोको उसे उन्मुक्त बहने दो।
अरे वो चंचला है।

उछलती जा रही हहरा रही बलुए पठारों में।
करेगी उर्वरा धरती पड़ी बंजर कछारों में।
नदी के तीर पर ही सभ्यताएँ जन्म लेती हैं।
जहाँ से अनगिनत जीवन विधाएँ जन्म लेती हैं।
नदी वो श्रृंखला है।

न रोको राह उसकी भीरु पहले सी नहीं है वो।
बदल कर राह तुमको छोड़ कर चुपचाप चल देगी।
बिफर जाए अगर वो तो तुम्हें भी चूर कर देगी।
उफ़न जाए अगर तो धार में तुम डूब जाओगे।
पता है? उर्मिला है !

© कवयित्री / सरोज सिंह 'सूरज'

सविता परमार

व्यक्तिगत परिचय

पति   : यशपाल पंवार
पिता   : सिद्धनाथसिंह परमार
माता   : स्व0 श्रीमती आशा परमार
शिक्षा   : एम0 ए0(हिंदी साहित्य), बी0 एड0
सम्प्रति   : वरिष्ठ अध्यापक (उ0मा0शिक्षक)
लेखन विधा   : गद्य एवं पद्य
सम्मान   : नारी गौरव सम्मान, उड़ान मंच सर्वश्रेष्ठ रचनाकार
                 सम्मान, मातृभाषा उन्नयन संस्था प्रदत्त सम्मान, वर्तमान
                 अंकुर सर्वश्रेष्ठ रचनाकार सम्मान, मेरी कलम मेरी पूजा
                 सम्मान, कीर्तिमान साहित्य सम्मान, बोलती है सितारे
                 सम्मान, साहित्यलोक श्रेष्ठ रचनाकार सम्मान, रेणु सम्मान
                 आदि।
पता   : राजीव चौक, कालापीपल मंडी, शाजापुर, मध्यप्रदेश
ई-मेल   : savitaparmar12@gmail.com

बन्दी जीवन

पल पल पर हम बन्दी है, स्वच्छ धरा के कैदी है।
सखा प्रकृति के है हम, लेकिन फिर भी बन्दी है।
प्रकृति ने सौंपा दायित्व हमे,
बन्दी रहकर जीवन जीना हमे।
नही कल्पना जीवन की इस शैली की,
सीखी हमने भी कर्तव्यों की बोली सी।
जीवन से थी अधिक अपेक्षाएं जहाँ,
स्वतन्त्र लोक आज बन्दी बना वहाँ।
भूल चले थे हम परिवारों की परिपाटी को,
बन्दी रहकर जाना है घर की चारदीवारों को,
बन्दी है हम जीवन में, कर्तव्यों के बोझ से,
नही रह सकते तटस्थ हम इनके बोध से।
प्रकृति ने किया ऐसा न्याय है,
बन्दी वही है जिसने किया अन्याय है।
बन्दी जीवन कैसा होगा, दूर हटी सब भ्रांतियां,
अब लगता है जीवन यही बन्दी रहकर जीना है।
इस भाग दौड़ के जीवन में,
बिसरा चले थे रिश्तो का सार।
नही आता था याद कभी भरा परिवार,
लेकिन लगता अब बन्दी जीवन से है सारा संसार

© कवयित्री / सविता परमार

परिवर्तन की आहट

परिवर्तन की आहट कैसी होगी
सर्दी में पड़ती गर्मी जैसी
गर्मी में पड़ते ओले जैसी
या बारिश के भूकम्प जैसी
क्षणिक बदलती ऋतुओं जैसी
परिवर्तन की आहट कैसी होगी ।

प्रतिकूल परिस्थिति ने जब घेरा
चारों ओर है छाया गहन अंधेरा
तम की चादर बीच झांकता सवेरा
घोर निराशा में हो प्रस्फुटित उजियारा
क्या परिवर्तन की आहट ऐसी होगी ।

जहां प्राणवायु का संघर्ष हो भारी
हर कोई खेल रहा जीवन की पारी
बैठा धनिक धन की ढेरी पर
मांगे भिक्षा जीवन की देहरी पर
क्या परिवर्तन की आहट ऐसी होगी ।

घर मे बन्द हुआ इंसान है
रोजी रोटी हुई बैईमान है
सन्नाटा है चहुँ ओर फैला
जाते सब हैं छोड़ अकेला
क्या परिवर्तन की आहट ऐसी होगी ।

अग्निदाह से हुआ मैं वंचित

नही है कोई अपना परिचित
मोक्ष की बदली परिभाषाये
अस्थि समेटे अब कोई न आये
क्या परिवर्तन की आहट ऐसी होगी।

छँट जायेगा यह कुपित दृश्य एक दिन
होगी सुहानी भोर दूर होंगे ये सब दुर्दिन
बस हौसला न तोड़ ये हमसफ़र मेरे
फिर झूमेंगे किसलय आँगन में एक दिन।
हाँ परिवर्तन की आहट ऐसी होगी।

मुसीबत से मुक्ति

हर पल-प्रतिपल
होता द्वंद मेरे भीतर
कब तक करता रहूं
मैं पलायन
शहर दर शहर
मुझे भी दे दो नियत
स्थान, कर दो
मुसीबतों से मुक्त अब।।
तुम सब बैठे हो
महलों में अपने
लेकर अपना परिवार
इठलाते हो मेरे
कर्मफल की पृष्ठभूमि
पर बैठकर
लेकिन कर दो मुझे
मुक्त इस लाचारी से अब।।
श्रमिक हूँ मैं
श्रमदान मेरी सेवा है
लेकिन वक्त की करवट में
मत भूलो बलिदान मेरा
मत देखो इतनी हेयता से
मज़बूरी का वाहक हूँ
नही हूँ महामारी का वाहक
कर दो मुझे भी मुक्त इस लाचारी से अब।।

© कवयित्री / सविता परमार

पर्यावरण

जीवनदायिनी प्रकृति लाती, सुरभित मलयज बयार।
पर्णवृन्त, लताएं किसलय को, मुखरित करती है हर बार।।
प्रकृतिप्रदत्त अतुल्य संपदा को, बचाएं करके हम श्रमदान।
नवीनीकृत अमूल्य धरोहर, की हम सब करे पहचान।।
सूरज, पानी, पवन, मिट्टी, हरियाली है निशुल्क उपहार।
वसुधा के इन आभूषणों की, आभा को रखे यूँ ही बरकरार।।
झुरमुठ, झाड़ी, घनघोर जंगल, करते पशु पक्षी का संरक्षण।
ये अजैविक घटक भी करते, पर्यावरण को सदा सन्तुलित हर क्षण।।
जीवो की इस खाद्य श्रृंखला का रोके नही हम जाल।
ये सब करते सदा पर्यावरण को सन्तुलित हर हाल।।
धरती की इस अमूल्य निधि का, नित् करते हम दोहन।
फिर कैसे रहै अपेक्षित, सुरभित मुखरित हो जनजीवन।।
हमने सहेजेंगे स्वर्गतुल्य, धरा के उपादानों को।
तभी कर सकेंगे सुरभित, मुखरित पर्यावरण को।।

दोराहा

मन मे सपनो को संजोये,
चला भविष्य की और।
मार्गदर्शक नही कोई यहां,
नही है मेरा कोई ठौर।

संकट के इस दौर ने,
बन्द किये हैं सारे द्वार।
खड़ा हूँ इस दोराहे पर,
किस राह में हो सपने साकार।

संशय भी अब छोड़े नही,
कदम कदम पर पकड़े हाथ।
जाऊँ किस ओर जहां हो,
केवल खुशियां हो मेरे साथ।

चुनता हूँ स्वर्णिम अवसर तो,
दाव लगाता अपना जीवन।
मोड़ा मुख चुनोतियों से तो,
लगता अब शून्य है जीवन।

इस विकट घड़ी में अब,
आती याद बड़ो की सीख।
सूझती नही जब कोई राह,
मत लेना तुम स्वाभिमान की भीख।

इस दोराहे आते मन मे एक ही भाव,

क्यों आन खड़ा हूँ मैं राह के इस द्वार।
रही होगी कहीं आत्मविश्वास में कमी,
तभी विचारशून्य हो खड़ा लिये मन मे भार।

मस्तिष्क तंतु विचलित हुए,
ले प्रमाण इतिहास से।
पकड़ विवेक का साथ सदा
राम कृष्ण भी पूज्य हुए।

सुख दुख की जैसे हो छाया
साकार संग निराकार भी आया
वैसी ही है यह माया नगरी
भरे यहाँ सब अपनी ही गगरी।

यह जीवन की है सच्चाई
होते सदा से दो ही पहलू
सफल असफल होते जहां
ये ही होते दोराहे के दो पहलू।

© कवयित्री / सविता परमार

मां की बोली हिंदी

अभिव्यक्ति से स्पंदित करती हिंदी
कैसे लड़खड़ाकर उठी है फिर हिंदी।

वैदिक लौकिक से वह है उपजी
अपभ्रंश, अवहट्ट संग पली बढ़ी
आदि, मध्य से आधुनिक तक
नित निखरती वह आगे बढ़ी।

सिंधु में स्नान कर मिला है जिसको नाम
बनी सांस्कृतिक संवाहक दे राष्ट्र को पहचान।

मधुमिश्रित बोलियों से हुई श्रृंगारित
विश्व पटल पर होती स्वयं विस्तारित
फिर क्यों मुझे तुम रखते हो वंचित
जब हैं राष्ट्रभाषा के सारे गुण संचित।

सिसकती संस्कृति को थाम जो आगे बढ़ी
भक्ति की अलख जगा धर्म वीथी वह बनी।

अपनत्व से सृजित हुई नही जटिल विधान
अवनी से अम्बर तक देती सबको पहचान
सहज मधुर अभिव्यक्ति करती सब निदान
ऐसी मेरी हिंदी विश्व को देती नई पहचान।

पत्र पत्रिका किस्सागोई से करती है आह्वान
जागो जागो हिन्दीभाषी लो मेरा संज्ञान।

परतंत्रता की बेड़ियां नही थी ज्यादा दुखदाई
जितनी स्वतंत्रता ने पीड़ मुझे है पहुंचाई
पा संविधान से दर्जा मैं फुले नही समाई
लेकिन साथ मेरे आंग्ल बन सहभाषा आई ।

राष्ट्रगीत कभी गान में सुशोभित हो रही
फिर क्यों राष्ट्र भाषा से उपेक्षित हो रही ।

मड़ई से लेकर महलों तक नही था सफर आसान
अपना अस्तित्व संभाले अंग्रेजो के सहे फरमान
माँ भारती की बन अनुजा सहती रही अत्याचार
यातना मिली उन्हें जिनके कंठो पर हुई सवार ।

संत महात्माओं ने किया है प्रचार–प्रसार
हुआ तभी राजभाषा का सपना साकार ।

सम्मान स्वाभिमान गर्व की यह है भाषा
साक्षर से निरक्षर तक सबकी हैं जनभाषा
अमूल्य धरोहर देवों की वाणी जिसका नाम
अभिव्यक्ति से स्पंदित कर दे हिंदी उसका नाम ।

गांवों की अमराइयों में महकती हिंदी
लोकगीतों की सुरीली तान है हिंदी ।

© कवयित्री / सविता परमार

 सुश्री सीमा शुक्ला

जन्मतिथि   : 31 मार्च, 1979

पिता   : श्री बाल मुकुन्द शुक्ला

माता   : श्रीमती शोभा शुक्ला

शिक्षा   : एम फिल (अंग्रेजी साहित्य), स्नातकोत्तर (तीन विषय) अंग्रेजी साहित्य, हिन्दी साहित्य, समाजशास्त्र, एलएल. बी., बी.एड.।

सम्प्रति   : सहायक प्राध्यापक (अंग्रेजी) म.प्र. उच्च शिक्षा विभाग

लेखन विधा   : कविता, कहानी

प्रकाशित कृतियां : कविता अंग्रेजी भाषा मे प्रकाशित 'द फ्लाइंग पोईटिक्स' काव्य संग्रह में तथा कहानी 'द बलासम' कहानी संग्रह मे प्रकाशित।

पता   : सी वही रमन वार्ड बारापत्थर सिवनी म प्र

निशब्द

मंदिर की चौखट पर,
टकटकी लगाती चार आँखो की वो आस .
कंपकपाते दो तीन बदनो की,
वो ज़िन्दगी ढोती हुई लाश .
हर हाथ जो धिक्कार रहा था,
उनसे कुछ मिठे लव्जो की अपूर्ण तलाश .
आँखो से टपकती हर बूँद मे,
जाने कितने अपने पराये काश .
बरखा कि रिमझिम रौनक ने,
कुछ पल किया आज उदास .
लगा ना कर पायेंगे पूरा,
उनके जीवन का कोई छोटा सा भी काश .
कुछ पल को बादल ने,
छोड़ा जब सम्पूर्ण काला आकाश .
बढ गया मन मे फिर,
शायद कर पाए पूरी उनकी कोई तलाश .
महज कुछ कपड़े लिए थे,
कीमती भी नही थे खास .
जुड़ी हुई थी लेकिन चाँद से,
उन बुजुर्ग बेसहारा लोगो की आस .
नही दे पाते तो भी क्या,
उन्हें तो जरूरत थी रहती हरदम तलाश .
दिखावे कि चीजों के लिए तो,
रोज करते इतने मूल्य का नाश .
प्रागंण मे मंदिर के कांपते हाथ को देख,
हुआ ये एहसास .

तन से गिले हुए हैं हम बस,
बच गई इन लाशो कि एक आस.
ऐसा नही है कि कोई ना हो इनका,
बस ये नही बचे अब खास.
एक अनजान को दे देते हैं,
दुआए एक बार मे सौ पचास.
क्या वो सचमुच बच्चे हैं,
जिनके जनक उनको ही नही आ रहे रास.
है कैसी ये विलासिता जीवन कि,
भौतिकता ने बनाया कैसा दास.
ना छत ना कपड़ा ना रोटी तन को,
ना स्नेह का आभास.
कर रहे यज्ञ हवन पूजा सभी,
जनक करे मज़बूरी में उपवास.

© कवयित्री / सीमा शुक्ला (चाँद)

दीदार

फेंक देते हो जो तुम यूँही बेकार समझकर,
नंगे भूखो के लिए वो त्योहार बन जाता है .
मिल गया है सब सुख बिन मेहनत,
तभी तो नया आते ही पुराना
सब बेकार बन जाता है .
तुमने तो दिखावा किया था मदद का,
तरसती निगाहो के लिए उपहार बन जाता है .
जैसा रुख अपनाते हो जीने का जीवन,
वैसा ही कुछ आपका किरदार बन जाता है .
कोरा है जब तक बस कागज कहलाए,
छप्ते ही खबर कोई अखबार बन जाता है .
मिलता है चाँद हंसते खिलखिलाते जब किसी से,
अनजान भी उस चाँद का तलबगार बन जाता है .
दिया जो प्यार ही दुश्मन को भी हर लम्हा,
देखते देखते वही दुश्मन जाँ निसार बन जाता है .
कल तक मात्र एक बेकार बीज ही था,
आज समृद्ध हो किसी का आहार बन जाता है .
खामोशी तो जरिया है जज्बातो को कह देने का,
अनकहे अल्फाजो का अंबार मन में बन जाता है .
कुछ नियम रस्मो रिवाज़ ने बांधा है पैरों को,
हाँ होते होते अक्सर इंकार बन जाता है .
एक तेरा देख लेना छुपकर मुझको,
बिन बरखा की सुहानी बौछार बन जाता है .
ऑन लाइन दिखना भी किसी का आजकल,
किसी न किसी के लिए दिदार बन जाता है .
चाहता हूँ छिन लूँ हर पल,

अनजाने में बिता हुआ हर लम्हा त्योहार बन जाता है .

कँहा असान था दिल अपना दुखाना,

किसी का जाना ता उम्र का इंतजार बन जाता है .

हँस लेता हूँ जो संग तेरी हरपल,

वो ठहाका जीने का आधार बन जाता है .

सोच लूँ जो शिद्दत से घड़ी भर भी,

पतझड़ सा जीवन भी बहार बन जात हैं .

है जँहा मे नजारो का लगा मेला,

सुकून मिलता है जब चाँद एक दीदार का तलबगार बन जाता है .

ना बोल कुछ भी किसी की भी खातिर,

तेरे शब्दो में जाने क्यों खून उतर आता है .

© कवयित्री / सीमा शुक्ला (चाँद)

मज़बूर कौन : एक प्रश्न

कुछ लोगो की सोच को जाना,
तो सूखी आँख मेरी उसी पल भर आई .
बेहया है, है तवायफ़, वेश्या है,
देखो जिस्म बेचकर करती है ये रोज ही कमाई .
कितनी होगी लाचार वो जाना क्या,
जो बाजार में अपना जिस्म बेचने मुस्कुराकर चली आई .
शायद भटकी होगी दरबदर दो रोटी को,
लोगो से गुहार भी होगी पुरजोर लगाई .
हर नजर मे देखी होगी जिस घड़ी वासना,
बेबसी में कितना वो खुद से होगी शरमाई .
डरी तो होगी सहमी भी होगी,
जब अंधेरी दुनिया होगी अपनी किस्मत में लिखावाई .
आज वो बेहया, तवायफ़ जिस्मफरोश, वेश्या,
जाने कितनी लड़कियों की आबरु बचाने के काम आई .
सोचा कभी क्या हमने तुमने,
क्यों एक युवती ने ये डगर हंसकर अपनाई .
किसलिए अपने मुर्दा बदन को,
वो बाजार में श्रृंगार से सजा धजा कर लाई .
ना आ जाए उसकी बहन कही यंहा,
ना भाई को मिले कोई अंधेरी खाई .
जख्म लेकर अपने जिस्म के अंदर बाहर,
वो सदा ही सजाती रही मुर्दो की चारपाई .
आसान था शायद वो वस्त्रों की गांठे उसके लिए खोलना,
मन की गाँठ ना कभी वो किसी के सामने खोल पाई .
अपनी लाज को गैर के बिस्तर पर रख,
जाने कितनी अनजान मासूम कि लाज बचाई .

कहते हो अपवित्र जिसे तुम हर लम्हा,

सहती जो हर जख्म तुम्हारा और दुनिया कि रुसवाई .

है एक प्रश्न ज्वलंत ये चाँद के मन मे,

आखिर ये तवायफ़ कौन लाया किसने ये दुनिया बनाई .

जिन करो से चीर हरा था,

क्या मुमकिन नहीं थी उन्हीं करो से होती चीर चढाई .

ले गए बिस्तर मे जिस मज़बूर जिस्म को तुम,

क्या उसकी मज़बूरी नहीं दी तुम्हे जरा भी दिखाई .

बिस्तर पर तो वो लगे हूर परी अप्सरा,

फिर समाज में क्यो लगे कोढ सी बुराई .

बेचा होगा उसने मज़बूरी मे खुद को,

क्या मज़बूर था तू भी जो नहीं गई तुझे चुनरी सर पर ।

© कवयित्री / सीमा शुक्ला (चाँद)

पथ विक्रेता

किस बात का वो तुझसे,

बोलो मांग रही थी इतना ज्यादा मोल .

एक बोरी बिछी हुई थी,

था सर पर एक फटी सी बोरी का खोल .

दर्द वंही किलकारी भरकर,

मुस्कान लबो पर था निरंतर घोल .

एक टूटा सी साईकिल,

उस पर तखरी तराजू वो किलो दो किलो का तोल .

है नहीं कोई एक ठिकाना,

बेचे अपनी उम्मिदो को खुद ही बोली बोल .

दिन भर भटके फिर पा जाए,

कभी सूखी रोटी कभी चावल का घोल .

नहीं है सपना कोई आँखो में,

बस जिन्दा रहने कि तरकीबे रहे टटोल .

दुख क्या है वो सबको दिखता,

फिर भी बजाये ना कभी ये अपनी तकलीफों के ढोल .

एक दो किलो जो तुम ले लो,

दे देते बिन मांगे दो चार दाने ये अपने अनमोल .

भूख से तो है रोज का नाता,

किस्मत भी तो रहे इनकी सदा ही डांवाडोल .

उम्र कि ना बात करो तुम,

कभी है बचपन कभी जवानी कभी जीवन का अंतिम टोल .

ना दिखावा रहन सहन में,

मिलता है मुश्किल से ही तन ढकने को चोल .

ना रूक तू ना लेना हो तो,

मत इनके जज्बातो को यूं सरेराह तू टटोल .

ना कर ऐसे भाव कभी,

देख फटे बोरे के वो असहाय से खोल .

भीख नहीं ये मांग रहे हैं,

मेहनत का मांग रहें हैं बस मोल .

नहीं कर सकता जो तू कुछ भी,

बस इतनी सी मिश्री उनके आटे में घोल .

माना पथ विक्रेता हैं ये,

नहीं हैं ये बड़े दुकानदार या मालिके माॅल .

जितना उनको तुम दे आते,

ये दे देते उससे ज्यादा बिना किसी तोल .

इनकी मेहनत घर चलाती,

नहीं करते ये महल बनाने के लिए कोई झोल .

दर्पण इनका सारा जीवन,

संघर्ष का नहीं होता कोई मोल .

© कवयित्री / सीमा शुक्ला (चाँद)

ठंड

ठंड बहुत बढ़ गई, पछुआ हवाओ के चले आने से .
आती थी गरमी भी, कभी चाय के गरम पैमाने से!!
जलती थी आग किसी शाख पर, सूरज के सिरहाने से .
हंसता था मौसम बहुत, अपनो के खिलखिलाने से!!
आज फिर बढ़ रही ठंड, गरम रिश्तो के दूर जाने से .
मिलता नही संतोष अब, अकेले चाय की चुस्की लगाने से!!

मिली है सुविधाए सभी अब, अपने से दूर चले आने से .
काश लौट आए वो दिन, फिर किसी न किसी बहाने से!!
होती थी सुबह गुलाबी, माँ के भजन के तराने से .
खुलती थी आंखे, पिता के हाथो का दुलार पाने से!!
भागती थी ठंड सदा ही, हम बच्चो के खिलखिलाने से .
गरमी थी रिश्तो कि,
तब पूरी हर ख्वाहिश होती थी जरा से मुस्कुराने से!!

वो मस्ती कि शाला मे, यारो के साथ वक्त बिताने से .
कभी गलती खुद कि, कभी दोस्तो की गलतीया छुपाने से!!
लाते थे सभी डिब्बे पर, वो दूसरो को छिनकर खाने से .
छोटी छोटी बातो पर, एक दूसरे को चिढाने से!!
आज ठंड नही मिटती, रूम हिटर भी खूब तेज जलाने से .
उठते है मजबूरी मे कर सुबह, एक मशिन के टरटराने से!!

खुद के हाथो कि चाय मे मजा नही, मेहनत कि हो कितनी भी बनाने मे .
गरमी का एहसास नही होता यारो, इस तरह तन्हा विराने मे!!
एक कम्बल कि खींचा-तानी, डर लगता था नहाने से .
वो आंगन मे धूप सेकना, काम से बचना पढने के बहाने से!!

सजधज के महाविधालय जाना, खुश होना तेरी एक नजर पाने से .
वो गालो के डिम्पल तेरे, गजब ढाते थे यकायक दिख जाने से!!

आज ना कोई अपना है संग, न धड़कता है दिल किसी के मिल जाने से .
ठंड बड़ गई रिश्तो मे, तो सब सुख लगे बेगाने से!!
मजा था हर लम्हे मे . सुख मिलता था छुपकर दिदार किसी का पाने से .
गरमी मिलती थी चाँद को, अपनो के पास चले आने से!!

© कवयित्री / सीमा शुक्ला (चाँद)

खूबसूरत घर

खूबसूरत होता कितना, जिन्दगी का ये सफर .

होता चौपहिए पर बना, अपना चलता फिरता घर!!

ना होती कोई जमीन अपनी, ना किसी हिस्सेदारी का डर .

गुजर जाता सड़को पर, सादे जीवन का ये सफर!!

देखो आज ज़मी है कदमो पर, बनाए जिस पर शानदार घर .

एक ही घर मे पैदा होते, बड़ते दो लोग बनकर हमसफर!!

फिर धीरे से बढते जाते, होते जज्बात यकायक बेअसर .

जिसने बोल दिए लबो को, उनके काटने दौड़ते सर!!

वाह रे खेल दौलत का, वाह अपने स्वार्थ का असर .

रिश्ते हरदम पक्के होते, गर बंधे ना होते यूँ स्थाई घर!!

साथ होता हर एक रिश्ता, जब यूँही फिरते दरबदर .

माना होती कुछ कमियां सुविधाओ कि,

पर संग होते सब सारी उम्र भर! !

किया कल हमने कुछ, सड़को का दुपहीये पर सफर .

देखा करिब से कुछ गावों को, और उनके अरमानों के पर!!

हर बच्चा वहाँ हर किसी का, सबके चेहरे पर समान फिकर .

सुविधाओ मे दुविधा थी, पर बड़े थे उनके प्रेम भरे जिगर!!

ना थी ज्यादा जायदाद तो, गुम होने का भी नही था डर .

अच्छा लगा सच्चा लगा, चाँद को वो उनके सपनो का शहर!!

अपने सच मे अपने हो तो, अच्छा है सड़को का भी सफर .

संग चले जब साथ मे सब, तब मुश्किले हो बेअसर!!

है कोशिश चाँद बनाऐगा, ऐसा चलता फिरता सुंदर घर .

हर आने वाला अपना होगा, रुक जाएगा वहीं उम्र भर!!

शैली भागवत 'आस'

परिचय	:	मैं मूल रूप से मध्य प्रदेश की निवासी हूँ । हिंदी भाषा से प्रेम एवं साहित्य में रूचि होने के कारण, लेखन क्षेत्र से जुड़ी हुई हूँ । उत्कृष्ट लेखन का प्रयास जारी है । लेखन के विभिन्न मंचों पर सक्रिय हूँ, एवं साहित्यिक वेब पोर्टलों पर नियमित लिखती हूँ ।
पिता	:	श्री रामेश्वर दयाल शर्मा
माता	:	श्रीमती किरण शर्मा
शिक्षा	:	एम . एस . सी ., बी . एड .
सम्प्रति	:	विज्ञान शिक्षण
लेखन विधाएँ	:	छोटी कविताएँ, मुक्तक, गजल, कहानी, लेख, आलेख, डायरी लेखन, ब्लॉग लेखन
प्रकाशित रचनाएँ	:	विभिन्न साहित्यिक मंचों पर रचनाएँ प्रकाशित ।
प्रकाशनाधीन कृति	:	'अनुभूति' – एक प्रयास
प्रकाशित पुस्तक	:	नारी तू अपराजिता (साझा काव्य संकलन)
सम्मान	:	'अपराजिता कवयित्री' सम्मान, साहित्यिक मंचों पर अनेक रचनाएँ पुरस्कृत
पता	:	इंदौर, मध्यप्रदेश
ईमेल	:	shailybhagwat@gmail.com

अभिव्यक्ति -एक प्रयास

मैं अभिव्यक्त करना चाह रही हूँ,
पर मुखर नहीं हो पा रही हूँ।
भाव अनगिनत जन्मते प्रतिदिन,
पर शब्द उचित नहीं मिल पा रहें।
राग बसे एकाकी हृदय में अनेक,
अवरुद्ध सुरों की गंगा में ठहरे।
अनुराग बसा कर मन में जैसे,
विरह वेदना हर क्षण सह लें।
रवि किरणों से सुशोभित पुंज,
स्याह निशा सा रंग बिखेरते।
बसंत के प्रफुल्लित कुसुम,
पतझड़ सी पंखुड़ी झड़ा रहे।
मोती मोहक अभ्यंतर सीप के,
पड़ा कहीं उदधि के गर्भ में।
बदली घनी बरसने को आतुर,
उड़ जाये प्रबल वायु वेग से।
दंभ से उपजी समुद्र की लहरें,
निर्बल होती टकराकर तट से।
स्वप्न सुनहरे उजले मन के,
ओझल हो पानी के बुलबुलों से।
फिर भी अंतर्मन के भावों को,
व्यक्त करने का रहता मेरा प्रयास।

© कवयित्री / शैली भागवत 'आस'

कुछ न कुछ

समेटते खुशियाँ जीवन की
कुछ हिस्सा दु:ख का आता है,
परवाह करते सबकी हर पल
मन कभी बेपरवाह हो जाता है ।
जिम्मेदारियां निभाने की कशमकश में
सपना जाने कहाँ खो जाता है,
अच्छे बनकर जब हारे तो
बुराई का दामन ही पकड़ आता है ।
डटे भले रहे तूफान के सामने
मन कभी तो घबराता है,
उड़ाने ऊँची इन उम्मीदों की पतंग
कच्चा सा धागा कही टूट जाता है ।
सहेजने रिश्तों को प्यार से
कोई अपना कहीं रूठ जाता है,
दौड़ती हुई इस दुनिया में
समय जैसे कभी थम जाता है ।
आशाओं से भरे इस आकाश में
निराशा का तारा भी टिमटिमाता है ।
कोशिश पुरजोर करती हूँ जीतने की
पर हार का शूल ही हिस्से आता है,
सच ही कहते है सब कितना भी करो
'कुछ न कुछ' तो छूट ही जाता है ।

© कवयित्री / शैली भागवत 'आस'

नव उत्पत्ति

कोमल सी अपनी काया में जब
अंश तुम्हारा महसूस किया था।
नव उत्पत्ति की अनुभूति ने तब
रोमांच का संचार किया था।
नित नए अनुभवों से घिर कर
तुमसे जुड़ने का प्रयास किया था।
प्रतिदिन नवीन स्वप्नों को
आँचल में अपने बांध लिया था।
पहली बार जब तुम्हारे नन्हें
चेहरे का दीदार किया था।
ख़ुशी के हर रंग को हाँ मैंने
इतने समीप से जिया था।
भूल असहनीय पीड़ा को
सृजन को साकार किया था।
कोमल उँगलियों के स्पर्श ने
हर वेदना को हर लिया था।
आँखों की उन चमक ने
मुझे रोशनी से भर दिया था।
गर्व से उल्लासित हृदय कहे
आशीष ईश् का फलित हुआ था।
एक नन्ही परी के जन्म ने
आज मुझे सम्पूर्ण किया था।

© कवयित्री / शैली भागवत 'आस'

नियंता

हे! ईश्वर सुन ले प्रार्थना
अज्ञान को दूर कर
ज्ञान का दीपक जला,
सृष्टि से तम हर सारा
नव दीप्ति का प्रसार कर।
हे! ईश्वर दयानिधे
सीमित रहे दु:ख का पहाड़
सुख सागर मिलें अपार,
जगत का तू ही नियंता
हरता प्राणियों की चिंता।
हे! परालौकिक परम शक्ति
भक्ति करे जागृत सुचिंतन
सुविचारों का हृदय में रहे वास,
असत्य हो जाये विलुप्त
अजेय सत्य सदा रहे व्याप्त।
हे! ईश्वर कृपा से तेरी
विश्वास का होवे संचार
दुर्भावना न आने पाये,
मानव मन वृहत बन
प्रगति पथ पर सतत बढ़े।

© कवयित्री / शैली भागवत 'आस'

प्रेम का स्वरूप

प्रेम का कितना रूप है, बदला
विकृत हुआ है, स्वरूप इसका।
आकर्षण नहीं, ये क्षण भर का
बंधन है ये मन से मन का।
तन से परे, मन के कुछ भाव है
अनकहा सा, ये एक एहसास है।
अन्तरिक्ष सा, अनंत विस्तार है
विस्तृत सा, इसका आकाश है।
बरसता माँ की निश्छल ममता बन
छलकता पिता का दुलार बन।
भाई –बहन का अटूट बंधन,
बंधे इसमें परिवार के स्नेहीजन।
बसा प्रकृति के कण–कण में,
बहती धारा के कल–कल में।
मेघों की गर्जन थर–थर में
धरा की हर इक हलचल में।
कभी देशभक्ति का गीत है, ये
कभी वीरों की ललकार है, ये।
कभी उपासना का रूप है, ये
कभी भक्ति का भाव है, ये।
संहार नहीं, सृजन हो जिसमें
खून नहीं, बलिदान हो जिसमें।
निहित सबका हित हो जिसमें
ऐसे प्रेम को तुम साकार करो।

बातें

बातों ही बातों में कुछ बातें निकल आती है

कुछ बातें मन को छू जाती है,

कुछ मन में शूल चुभाती है ।

कुछ चाहकर भी कह नहीं पाते है,

कुछ को सुनने से भी कतराते है ।

कुछ बातें हंसाती गुदगुदाती है,

कुछ याद आकर बहुत रुलाती हैं ।

कुछ तो क्षण भर भी न टिक पाती है,

कुछ सदियों सी चलतीं जाती है ।

बातों से ही बहुत कुछ बनता है,

कभी इनसे बना बनाया खेल भी बिगड़ता है ।

कभी बातों में यूँ ही समय बर्बाद होता है,

समझे तो हर बात का ज्ञान होता है ।

कुछ बातों से जीवन की सीख दे जाते है,

कुछ इधर उधर की बातों में

उलझे ही रह जाते है ।

एक बात के अनेक अर्थ निकाले जाते है,

कभी अतीत की निरर्थक बातों से पछताते रह जाते है ।

बातों से ही कितना कुछ खोते और पाते है,

भारी बातों का बोझ मन में ढोते जाते है ।

सिलसिला बातों का यूँ ही चलता रहता है,

ख़त्म हो जाते है हम

पर ये बातें न ख़त्म हो पाती है ।

© कवयित्री / शैली भागवत 'आस'

सात जन्मों की पाठशाला

बीत गए लो बरस कितने
रहे साथ-साथ हम इतने,
समस्याएं, दुविधाएं कितनी आई
जूझते इनसे नैया पार लगाई
चले, रुके पर थके नहीं.......
जिम्मेदारियों से भरी थी पोटली
रिश्ते भी खेले आंख मिचौली,
हर समय रही आपा-धापी
समझौतों के दौर की बारी
चले, रुके पर थके नहीं........
हिसाब बैठ अब क्या लगाये
कितना खोया कितना पाया,
तलाश में एक सुकूं के
शायद बहुत कुछ गंवाया
चले, रुके पर थके नहीं.......
हो रही अब कमज़ोर काया
मन में लिए संकल्प की छाया,
ऊँची-नीची पथरीली राहों पर
जीवन के देखने रूप निराले
चले, रुके पर थके नहीं......
निराशा में बनीं रही आशा
सात जन्मों की पाठशाला में,
हम तुम करे यहीं प्रार्थना
पहने सदा खुशियों की माला।

हरित श्रृंगारित धरा

रंग बरसे चाहे कितने भी
चाहे कोई त्योहार आ जाये,
मदमस्त सी इस धरा को
इक बस हरा रंग ही भाये,
हरियाली की चादर इसे
जब तृप्त मेघ दे जाये,
ये भी बन समृद्ध तब
हरित श्रृंगार चहुँओर लुटाये,
हरी-भरी खड़ी हो फसलें
मन कृषक के आस जगाये,
धरती के इस उपहार का
कर्ज कभी न चुका पाये,
हरे पेड़ों की छांव तले
हर जीव आसरा पाये,
छोटी-लम्बी टहनियों पर
नीड़ कई गढ़ जाये,
शीतल पवन के झोंकें
मन प्रफुल्लित कर जाये,
चलो हरित क्रांति की अलख
अब जन-जन में जगाएं,
हरियाली से आच्छदित हो
ये धरा सदा मंद मुस्काए।

© कवयित्री / शैली भागवत 'आस'

हार कर ना बैठ

दिन साँझ में ढला नहीं
अँधेरा रात का छाया नहीं,
हार कर न बैठ अभी
अभी भी देर हुई नहीं ।

असफलता में ही ढूँढ कहीं
प्रयत्न में रह गयी क्या कमी,
राहें थोड़ी पथरीली ही सही
कोशिशों में रख ना कमी ।

प्रयास कभी जाता नहीं विफल
दृढ़ संकल्प भर कर एक पहल,
पतझड़ के बाद आयेगा बसंत
लाँघ संघर्ष बना जीवन सफल ।

निरंतरता नदी की काटती पहाड़ भी
सतत अभ्यास ही कुंजी है ज्ञान की,
आत्मविश्वास से सदा रह प्रकाशित
और लक्ष्य को अपने कर ले हासिल ।

© कवयित्री / शैली भागवत 'आस'

'मैं' बावरी

बीते युग पर 'मैं' कभी 'मैं' न रही,

सहज सरल धारा सी बहती रही,

संवेदनाओं से भरी कर्तव्य निभाती चली,

न कभी हक़ जताया न कोई अधिकार मिलें,

फिर भी बदली प्रेम की बन बरसती रही,

हाँ, शायद 'मैं' थोड़ी बावरी रही।

अस्तित्व को नहीं दिखाया दर्पण,

न वजूद को अपने कोई शब्द दिये,

कभी 'आफताब' रही या 'पूनम का चाँद'

तुम्हारी दी उपमाओं में ही ढली रही,

हाँ, शायद 'मैं' थोड़ी बावरी रही।

जिस माटी में पनपी उससे कर पृथक

रोप दिया तुमने अपनी मनचाही जमीं पर,

समझौतों के खाद पानी से सींच मन,

फली, फूली कर्मपथ पर बढ़ती रही,

हाँ, शायद 'मैं' थोड़ी बावरी रही।

भ्रमजाल माया का ये एक दिन टूटा,

उड़ गया विश्वास भी सूखी आंधी सा,

बागडोर जीवन की अपने हाथों में थामी,

नापाक इरादों को पहचान दूर रही,

हाँ, शायद 'मैं' थोड़ी बावरी रही।

उम्मीदों को फिर से जिन्दा कर,

हौसलों से सपनों की भरी उड़ान,

अपनी पसंद के रंगों से फिर,

रंगने लगी अपने जीवन का कैनवास,

हाँ, शायद 'मैं' थोड़ी बावरी रही।

तुम्हारी तरह अहंकार का दंभ भर,

मैंने कभी किसी को न रौंदा,

भावनाओं से सजाया मैंने हर घरौंदा,

जाने क्यों मेरा नव रूप बन गया,

तुम्हारी राहों का रोड़ा,

फिर भी निश्चय पर दृढ़ चलती रही,

हाँ, शायद 'मैं' थोड़ी बावरी रही।

प्रकृति से मिली कोमलता है, स्वीकार मुझे

गुणों को निखार ढाल बनाना आता है, मुझे

आत्मविश्वास के साथ सफलता की

रखती हूँ इक आस

ईश् की रचाई कृति 'मैं' हर रूप में श्रेष्ठ रही

हाँ, शायद 'मैं' थोड़ी बावरी रही।

© कवयित्री / शैली भागवत 'आस'

शकुंतला

जन्मतिथि : 20/05/1978

जन्मस्थान : सिद्धार्थनगर उत्तर प्रदेश

पिता : श्री घनश्याम (पूर्व प्रधानाचार्य जवाहर नवोदय विद्यालय)

माता : स्व0सावित्री देवी

शिक्षा : एम0ए0, बी0टी0सी0

सम्प्रति : अध्यापिका परिषदीय विद्यालय अयोध्या, उत्तर प्रदेश

रुचि : कविता, गजल, गीत लिखना, पढ़ना, पेंटिंग्स बनाना, खाना बनाना, बागवानी करना, घर की सजावट करना, बच्चों को तरह तरह से पढ़ाना

लेखन विधा : कविताएं, गीत, गजल

प्रकाशित कृतियां : मै वो जन्नत लाऊं कहां से, खामोशी, आज के बुजुर्गों की दशा, सभी के लिए, सानिध्य आपका इत्यादि

पता : 2/7/81 बालक राम कॉलोनी अयोध्या, उत्तर प्रदेश

ई मेल : shakushakuntla1@gmail.com

संपर्क : 9454583138

मैं स्त्री हूं

सब जानते हैं पहचानते भी है पर

मुझे मेरे नाम से क्यूं नही

जन्म लिया स्त्री के रूप में पर

मेरी कोई पहचान क्यों नहीं

कोई कहता देखो फलनवा की बेटी हैं

सुनकर गौरांवित तो होती हूं पर इसमें मैं कहां हूं

कोई कहता देखो फलनवा की बहन हैं

सुन कर दिल गदगद हो जाता है पर इसमें मैं कहां हूं

कोई कहता देखो फलनवा की पत्नी हैं

सुन कर मन नाच उठता है पर इसमें मैं कहां हूं

कोई कहता देखो फलनवा की बहु हैं

सुनकर समाज की नजरों में सम्मान मिल तो जाता हैं पर इसमें मैं कहां हूं

कोई कहता देखो फलनवा की मां है

सुनकर अभिमान से भर उठती हूं पर इसमें मैं कहां हूं

पर जो मैं सुनना चाहती हूं उसे कोई क्यों नहीं कहता मै स्त्री हूं...

क्या मेरा कोई स्थान नहीं है क्या मेरा कोई आस्तित्व नही है

क्या हम स्त्रीयां हमेशा पुरुषों के नाम से ही जानी जायेंगी

नही... *मैं स्त्री हूं शक्तिपुंज हूं यह अलख हमें जगानी होगी

हर स्त्री को चिरनिद्रा से जागना होगा अपनी पहचान

बनानी होगी.. अपनी पहचान बनानी होगी।

© कवयित्री / शकुंतला

मेरा कमरा जानता है...

मैं कितनी भी लापरवाह रहूं पर
हर चीज को करीने से ही रखूंगी
कमरे का कोना कोना
बड़े ही प्यार से सजाऊंगी
मेरा कमरा जानता है.....

कि मैंने न जाने कितनी सारी
यादों को संजो के रखा है
न जाने कितनी बातें साझा की है
मेरा कमरा जानता है..

मेरे बचपन की कितनी खट्टी मीठी बातें
न जाने कितनी रातें मां के प्यार
दुलार, लोरियों के बिना काटी है

मेरा कमरा जानता है कि
मैं कितना रोई थी मां के जाने के बाद
मेरा तकिया भी मेरे साथ रोता है हर पल
हर तरफ बस मां की यादें हैं
मेरा कमरा जानता है .....

वो दादाजी और दादीजी की प्यार भरी बातें
मेरी हर ज़िद को पूरा करना
मां मारती तो दादी डांटती दादा दुलार करते
मेरा कमरा जानता है ....

हम भाई बहनो का आपस का जुड़ाव
वो लड़ना झगड़ना फिर एक हो जाना
एकदूसरे की गलतियों को छुपा लेना
मेरा कमरा ही जानता है..

कितने अकेले हो गए हैं हम और हमारा कमरा
बस जुड़ी है सारी बातें, यादें, वादे, कसमें,
झगड़े, लोरिया, त्योहार, पागलपन सब कुछ
मेरा कमरा ही जानता है ...

© कवयित्री / शकुंतला

आगे पुराने दोस्त वापस लौट आते तो

अगर पुराने दोस्त वापस लौट आते तो
फिर से मैं उन सुनहरे पलों को जी लेती
बचपन की वो मासूमियत फिर से आ जाती
रंगबिरंगी तितलियों को फिर से हम पकड़ते
बारिश के पानी को छत पर रोककर फिर से नहाते
एक दूसरे के टिफिन से खाना चुराते और
फिर उसे इंटरवल में कैंटीन से समोसा खिलाते
एक ही टॉफी में सब मिल बांट कर खा लेते
नीचे कुछ भी गिर जाता धरती मां से पूछ के उठा लेते
कब्बड़ी का मैच और भी मजे से खेलते
जीतने पर खूब खुशी मानते हल्ला करते
टेस्ट में जब एक दूसरे से नंबर ज्यादा आते
तो जलन के साथ खुशी भी मानते
क्लास टीचर की फेवरेट स्टूडेंट की होड़ में,
एक दूसरे से अच्छा करने की कोशिश करते
जब भी मौका मिलता अंताक्षरी में सबको हरा देते
एक्जाम में एक दूसरे की डरते डरते मदद भी करते
गेम्स पीरियड में फिर से बॉलीबॉल खेलते हुल्लड़ मचाते
एजुकेशनल टूर में और भी मस्ती करते
एक दूसरे की प्रॉब्लम्स सॉल्व करते
न जाने कौन कौन सी खुशियों को ख्वाहिशों को
अपने यादों के पिटारे में भर लेते
काश ऐसा हो जाता जो न कर पाए वो पूरा कर लेते

© कवयित्री / शकुंतला

खालीपन क्या होता है ।

खालीपन क्या होता है ?
ये किसी बूढ़ी मां से पूछो जो अपने बच्चों से मिलने की
आस लगाए दरवाज़े पर बैठे रास्ता निहारती रहती हैं
सोचती है क्या ये वही बच्चे हैं ?
जो हर वक्त मेरा पल्लू पकड़े
मेरे आगे पीछे मां मां बोले घूमते रहते थे
मैं एक एक निवाला लेकर उन्ही के
आगे पीछे दौड़ा करती थी
आज एक एक निवाले के मैं तरस रही हूं
ये वही बच्चे हैं जिनके लिए
मैने कई रातें जाग कर कटी हैं
बचपन में जिनकी टूटी फूटी बातों को भी
मैं बड़ी आसानी से समझ लेती थीं आज मेरे से
बात करने में भी कतराते हैं
बात बात पर चुप करा देते है
दिन भर में कितनी बार बच्चों के
धूल मिट्टी में सने कपड़े उतारती पहनाती थी
आज मेरे ही कपड़ों से इन्हें
बदबू आती हैं कई कई दिनों
एक ही कपड़े में बीत जाते हैं
ये वही बच्चे हैं जिनको घुमाने ले जाने के लिए
रोज इनके पापा से लड़ाई करती थी
आज यहीं एक कोने में पड़े पड़े
तरसती हूं बाज़ार हाट जाने के लिए
ये बच्चे कह देते हैं क्या करोगी जा के वहां
और क्या क्या बताऊं मेरे बच्चों

क्या क्या किया हैं तुम्हारे लिए

मैं बूढ़ी हो गई हूं........

अब तुमसे एक ही तम्मन्ना है मेरी

मेरे बच्चों मुझे भी आकर मिलो

दुलार करो मुझे भी एक एक निवाला

अपने हाथों से खिलाओ

मेरे भी बूढ़े जर्जर शरीर पर

कपड़े पहनाओ........

आओ मेरे पास आकर रहो

मुझसे बात करो

कब ये प्राण परिंदा उड़ जाए

पता नहीं कब मेरी आंखे बंद हो जाए..

तुम्हारी ये बूढ़ी मां कब

मिट्टी में मिल जाय पता नहीं

आओ मेरे बच्चों....... आओ

इस बूढ़ी मां का खालीपन कुछ तो कम करो....

© कवयित्री / शकुंतला

अधूरी-अनकही बात

अधूरी-अनकही बात

कई दफ़ा सोचा बतलाऊँ तुम्हें

अपने दिल की बात

बात जो नन्ही सी है

परंतु अर्थ उसका

क्षितिज तुल्य विशाल

मुझे तो केवल मलाल हैं इस बात का

न मैं कह सकी और न तुम समझ सके

जबकि अगल बगल के सभी लोग समझ गए

उस अनकही बात को

आज भी कभी जब

वह बात याद आती हैं

किसी तन्हा रैन को

रो लेती हूँ बस सोचकर यही

सबकी किस्मत में

दिल की बात पूरी होती नही

बात केवल इतनी सी हैं

यदि मिल जाते तुम मुझे

तो शायद........

मैं होती न इतनी अधूरी

© कवयित्री / शकुंतला

आंसू

किसी की ज़िन्दगी का फ़रमान हैं ये आँसू।
तो किसी की मौत का पैग़ाम हैं ये आँसू।।

किसी से प्रेम का एहसास हैं ये आँसू।
तो किसी की खुशियों का अरमान हैं ये आँसू।।

किसी की बेजुबां आँखों के अल्फाज़ हैं ये आँसू।
तो किसी की जुदाई के दर्द ए जान हैं ये आँसू।।

किसी की बेवफ़ाई का इल्ज़ाम हैं ये आँसू।
तो किसी के बुझे दिल की ज़ुबान हैं ये आँसू।।

किसी की विदाई के रस्मों रिवाज़ हैं ये आँसू।
तो किसी से मिले प्यार का दर्द ऐ ज़वाब हैं ये आँसू।।

और क्या कहुँ.... क्या है ये आँसू।
ये तो शकुंतला तेरी ज़िन्दगी का हिसाब हैं ये आँसू।।

© कवयित्री / शकुंतला

क्यों हो गयी माँ तुम हृदयहीन

क्यूं हो गई मां तुम हृदयहीन

माँ तुम तो थी ममता की मूरत

आज क्यों हो गई माँ तुम हृदय हीन

रखा था जिसे अपनी कोख में नौ माह

आज क्यों किया दूर अपनी गोद से

दर्द सह कर जन्म दिया फिर आज क्यों न हुआ

तनिक सा भी दर्द खुद से कर दिया जुदा

जिस छाती का अमृत पिलाया

आज उसी सीने से दूर कर दिया

क्यों माँ तुझे मेरा मासूम सा चेहरा प्यारा नही

जो कर दिया आज खुद से किनारा

ऐसी क्या थी तेरी मज़बूरी जो छोड़ दिया

या मैं ही बन गई मज़बूरी तेरी

क्या लड़की होना अभिशाप हैं मेरा

तू भी तो हैं माँ लड़की किसी की

सुना है माता नही होती कुमाता

कहीं कलयुग का तुझ पे असर तो नही

छोड़ गई माँ तुम मुझे इस अनजान शहर में

क्यो हो गई माँ तुम हृदय हीन

© कवयित्री / शकुंतला

जब वक्त बदलने लगता हैं

जब वक्त बदलने लगता हैं, अपने भी पराये लगते हैं,
काँटे तो हमेशा काँटे, ये फूल भी चुभने लगते हैं।

कदमों के नीचे हो मंजिल, पर कदम भटकने लगते हैं,
जिनको कहने का हक़ भी नहीं, वे तेवर बदलने लगते हैं।

हर काम में दहशत होती हैं, हर नज़र खटकने लगती हैं,
अपने खंजर खुद ही अपने, सीने में उतरने लगते हैं।

हटता हैं किनारा किश्ती से, तूफ़ान का सदमा होता हैं
पतवार चलाने वाले ही, शकुंतला की पतवार डुबाने लगते हैं।

© कवयित्री / शकुंतला

गीत जिंदगी का

यू नहीं आँधियों से घबराइए
गीत ज़िन्दगी का गुनगुनाते जाइये

देख कर हँसेंगी ये बेरहम दुनिया
आँसू आंख में न हरगिज़ लाइए

गुज़रेंगे लोग और भी इधर से
राह से काँटे हटाते जाइये

मंज़िल मिलेगी एक दिन ज़रूर आपको
कदम बस यूं ही बढ़ाते जाइये

सामना हो भी जाये गर दुश्मनों से तो
दोस्ती के रिश्ते हमेशा यूँ ही निभाते जाइये
ज़हरीली हुई हैं सुरा आजकल
आप निगाहों से पिलाते जाइये

ये बस्तियां भरी हैं नफरतों से
प्यार का सूरज यहाँ पर उगाईये

© कवयित्री / शकुंतला फैज़ाबाद

सुरंजना पांडेय

जन्मतिथि	:	6 जून –1981
पिता का नाम	:	श्री सुरेंद्र कुमार पांडेय
माता का नाम	:	श्रीमती ज्ञानवती पांडेय
पति का नाम	:	डॉक्टर सुशांत कुमार पांडेय
शिक्षा	:	तीन विषयों में परास्नातक, गोल्ड मेडलिस्ट दो विषयों में
भूतपूर्व शिक्षिका	:	महाराजा अग्रसेन विद्यालय लखीमपुर खीरी, डॉन बॉस्को स्कूल लखीमपुर खीरी
सम्प्रति	:	कवियत्री एवं लेखिका
विधा	:	कविता, कहानी, निबंध, गजल, मुक्तक, लघु कथा आदि।
गतिविधियाँ	:	कई मंचों और साहित्यिक गतिविधियों में सम्मिलित होना। पहली रचना दीप्ति पत्रिका में प्रकाशित।
प्रकाशित कृतियाँ	:	कहानी जो बीत गई, वर्तिका (साझा काव्य संकलन), अनामिका (साझा काव्य संकलन), कटाक्ष और कई पत्रिकाओं अखबारों में रचनाएँ प्रकाशित।

विश्वास ना होता

विश्वास ना होता था,
तुम जीवन मे ऐसे आ जाओगे,
मेरे मन के मंदिर मे यूँ समा जाओगे,
गून्जने लगी आपके प्यार की शहनाइयाँ
इस कदर बादल बन के बरस जाओगे,

सोचा ना था आप यूँ मेरे दिल मे समा जाओगे,
तुम्हे देख तृप्त ये साँसे, झूमेगा यूँ मन मयूर,
मेरे मरू जीवन को यूँ करोगे आलोकित,
रहेगे हम दिया और बाती सदृश संग ऐसे,
साँसो की माला मे पिरोयेगे बस नाम तेरा,
हर स्वर से निकलेगा बस प्यार तेरा,
तुम लाख छुपाओगे पर प्रस्फुटित होगा,
इस जग मे सबके समक्ष प्यार मेरा,

तेरा साथ ही प्रीतम, मेरे अन्तर्मन को भाता है,
तुम हो ईश, आराध्य मेरे जीवन के,
तेरे आगे ना कुछ दिखता है ना भाता है,
तेरे लिए दिल लिखता रहता प्यार, प्यार और सिर्फ

प्यार....।

बलिदानों की हो रही फजीहत

बलिदानो की क्यूँ कर रहे फजीहत
देश को क्यूँ बाट रहे हर रोज रहे यूँ
अपनी देश की मिटटी को कर रहे
यूँ अपमानित क्यूँ ओछी हरकतो से
उठा रहे क्यूँ अपनो पे यूँ शमशीरे तुम
क्यूँ तौल रहे अपनो को यूँ रख के तराजू मे
जाति पाति के बंधन मे झूडे पाखण्डो
आदर्शो और आडम्बरो मे यूँ

सब व्यर्थ ही रह जाएगा यहाँ
करते हो हाय तौब्बा हर रोज
अपनो का गला काटते हर रोज
सब खाली रह जाएगा यहाँ

खाली हाथ ही आए थे तुम बंदे
खाली हाथ ही यहाँ से जाओगे
शर्म करो कुछ तो अपने पे
जीवन मे अच्छे कर्म करो तुम

चार होठों पे मुस्कान बिखरते जाओ तुम
मरने का दुख हो सबको
ऐसे दिल मे बसो तुम,
वरना पीढीया भी कलंकित हो जाएगी
तुम्हारी इन ओछी हरकतो से,
अपने संस्कारो और आदर्शो को
यू ना धूल धूसरित करो तुम

पैमानो पे तौल सभी को यूँ

शर्मिन्दा कर रहे क्यूँ तुम
देश है अपना प्यारा सा ये
भाईचारा और अपनापन
मानवता को महामण्डित करो तुम
यूँ ना अपनी बेवजह की हरकतो
से देश की मर्यादा का हर रोज
दहन ना करो तुम।

© कवयित्री / सुरंजना पांडेय

ये खुशगवार सुबह

यह महकती हुई शाम
ये लड़खड़ाती हुई रात
आपके इन्तजार के नाम

ये कहकशाँ महफिल की यार
ये प्यारी चान्दनी रात
ये सितारो के हुजुम
बस याद आए तुम

तुम्हे देख चेतन होती
ये मेरी अलसायी काया
मौन वेदना रातो की
या भोर की शहनाई तुम

मेरे मन के बंजर की
बदरी लगी अमल जल की
तुम्हे देख तृप्त होते नयन
प्यास ना जाने बरसो की

चूल्हे चौकी की चिन्ता या
ओज भरी अरुणाई तुम
कोयल जैसे बोल तुम्हारे
आत्मसात करने को तत्पर
ताक रहा हिरना सा मन ....

© कवयित्री / सुरंजना पांडेय

किसान

किसान हूँ मै देश का
धरती का सीना फाड़
मै अन्न ऊपजाता हूँ
मै हर रोज कुदाल चलाता हूँ
हर रोज मै मेहनत करता हूँ
नही मेरी छुट्टी किसी दिन
हर दिन खेतो पे जाता हूँ

मै हूँ अन्नदाता देश का
मेहनत की कमाई खाता हूँ
मेरे पसीने की हर एक बून्द
मे छिपी है मेरी अथक मेहनत

जो हरियाली बन मेरे खेतो मे बसती है
लहलहाती है जब फसले मेरी
मेरा सीना चौडा हो जाता है
मै हूँ सदा से आत्मनिर्भर

अपनी बाजुओ पर यकीन रखता हूँ
हर रोज मे खेतो मे जाता हूँ
तब जा के परिवार के लिए
दो जून की रोटी कमाता हूँ
है प्यार मुझे मेरे फसलो से,
खेतो से, पगडंडियो से, मेडो से

मै हूँ किसान जो देश को

अनाज देने मे प्रतिनिधित्व करता हूँ
नही मै किसी सुख सुविधाओ का आदी
सीमित संसाधनो मे ही खुश रहता हूँ
मै हु आम आदमी

खेतो मे ही गुजर बसर करता हूँ
हा मै किसान हूँ......

© कवयित्री / सुरंजना पांडेय

कुछ रेखाएं खीच जाती हैं

मन के दीवारो पर कुछ रेखाओं सी खीच जाती है,
कुछ अक्स उभरते है जब तन्हा हम होते है,
यादो के बादल रह रह घुमड़ते है,
अलसायी काया को मेरे दस्तक देते है,
कितनी यादे, कितनी बाते, कितने ही पल,

पीछे कितने छुट गये
हम बढ़ गये कितने आगे
आँखों को नम कर जाते रह रह के,
यादो के घने अंधेरे साये से,
कैसे इनसे खुद को संभाले,

ये है मेरे दिल मे समाये,
झीनी चादर ओढे ये कब आ जाते है,
मन को हर बार विह्वल कर जाते है,
एक चोट सा हर बार दे जाते है,
जब हम कभी तन्हा सा होते है,

ये मेरे जीवन के गहन पुन्ज है,
इनसे ही जीवन मे अनुगून्ज है,
हो जाती मै झंकृत हर बार,

जब भी ये दस्तक देते दिल पर

© कवयित्री / सुरंजना पांडेय

रोटी

हर थाली की शान है रोटी

हर परिवार के जीने का आयाम है रोटी

रोटी है हर घर की जरूरत

रोटी खा के मिले ताकत

जीवन का अभिराम है रोटी

दो जून की रोटी कमाने को

हर कोई हो रहा तत्पर

बूढ़े बच्चे जवान सबके

जीने का जान है रोटी

रोटी तेरे कितने है रूप

समझ ना सका कोई तेरा स्वरूप

अमीर से गरीब सबके लिए जरूरी रोटी

गोल है रोटी पर दिखा देती सबको अपनी औकात

रोटी है गोल पर बजा देती सबके ढोल

रोटी कमाने के लिए हर कोई क्या क्या ना करता

जीता है मरता है पर परिवार का पेट भरता है

रोटी है जीवन के लिए अनमोल

आज तक ना चुका पाया कोई रोटी का मोल ।

© कवयित्री / सुरंजना पांडेय

हसरते ज़िन्दगी

हसरते ज़िन्दगी कितनी बची है
पर तुझे क्यूँ इतना गुरूर है
थे मशरूफ सभी अपने
आशियाने मे तो क्यू आज
हुई इतनी मगरूर क्यू है
अपने इस प्यारे आशियाँ को
नजर लग गयी कोरोना की
बचा लेना ऐ खुदा
तेरे रहमत के सुने है
अफसाने बहुत है
पैमाने ज़िन्दगी के बदल रहे है
सवाल है दर – बदर अपना
जवाब खोज रहे है
है उलझने तमाम ऐ ज़िन्दगी
क्यू कर रही तू इतनी शरारत
दे दे थोडी सी तो राहत
ना दे मोहलत तो कम से कम
अपनी रहमत तो बरसा दे
ना कर इतना गुरूर
अपनी नजरे इनायत तो कर दे
है वाकिफ सभी ऐ खुदा तुझसे
इस दुनिया को गहन वीराने से बचा दे
ना कर तू इतना नाइन्साफी
तरस गये है सभी मुस्कुराने को
कैद हो गये है सभी पिन्जरो मे जैसे
भूल बैठे है पंख फडफडाने को

बचा ले ऐ खुदा इस खुबसुरत गुलिस्ता को
हुए है बहुत गुनाह
तो माफी दे दे
बहुत सता लिए
अब तो करम कर दे
बरसा अपनी तु नेमत
अब तो रहम कर दे

© कवयित्री / सुरंजना पांडेय

रात कितनी बीती

रात कितनी बीत गयी,
ये बस आसमाँ के तारे जानते है
भोर होने मे कितना है समय,
ये रात मे जगने वाले जानते है

नदी कितनी उमडी ये,
नदी के किनारे जानते है

दिल मे दर्द कितना है,
ये हमारे कलेजे जानते है

हौसला कितना बचा है,
ये केवल हम जानते है

किश्ती के मुसाफिर,
कभी समुद्र नही देखते
वे मान्झी बन पतवार,
खीचने मे यकी करते है

राह कितनी है मुश्किल,
ये केवल राहगीर जानते है
जूझना है इस जीवन मे
किसको और कितना ये,
हमारे भाग्य के सितारे जानते है

© कवयित्री / सुरंजना पांडेय

सुषमा गुप्ता

जन्मतिथि	:	6 सितम्बर
पिता	:	श्री हरचंद गुप्ता
माता	:	श्रीमती स्नेहलता
पति	:	डॉ कमल विजयवर्गीय
शिक्षा	:	M. Sc. (भूगोल) M. A. (हिंदी) (इतिहास)
सम्प्रति	:	वरिष्ठ अध्यापक (विज्ञान)
लेखन विधा	:	कविता, कहानी
प्रकाशित कृतियां	:	मेरे दस्खत (सांझा काव्य संकलन), नारी तू अपराजिता (महिला प्रधान साझा काव्य संकलन)
पता	:	मकान न. 15, गली न. 2, बाबादीप सिंह कॉलोनी, श्रीगंगानगर (राजस्थान)
ईमेल	:	kamalvijay40@gmail.com
दूरभाष नंबर	:	9414246235

कोई दर्द

कोई दर्द जो दफ़न करना है
अपने अंदर
कितनी टीस उठती है उसमें
नहीं बताना किसी को
नहीं जताना किसी को

अपना ही दर्द है
बस समेटना है
किसी तक उसकी महक
पहुँचने से पहले

कोई ना जान पाये
मेरा ज़ख्म
जिन्हें ढक लिया है
मेरी मुस्कान ने

पर आँसुओं का क्या ?
नहीं समझ आता कैसे
आँखों में इनको रोक लूँ
बाहर आने से पहले।

© कवयित्री / सुषमा गुप्ता

अहसास

जाने का अहसास
फिर कभी ना आने का दर्द
पास आयेंगी तो सिर्फ यादें
और कुछ नहीं

अलग अनंत दुनिया में
जहाँ से कभी ना लौटने
का यकीन
ना पहुँचने का कोई संदेश
सिर्फ एक दर्द
और कुछ नहीं

अकेले छोड़ कर जाना
खुद को कर शून्य में विलीन
रूह बन के निकल गए
सिर्फ पार्थिव देह और कुछ नहीं

श्वास पर पहरा लगा
खुद निःश्वास हो गए

रुक गया सब कारवाँ
सिर्फ आँसू आँखों में और कुछ नहीं।

© कवयित्री / सुषमा गुप्ता

अब की बार

अब तुम समय की बंदिश
लेकर ना आना
जो मिलने आओ तो
वक्त को भूल के आना
अधूरी मेरी बातों को
ना छोड़ कर जाना
अपनी सब बातें
कह कर तुम जाना
बहुत इंतजार के बाद
ये पल कभी आते हैं
तुमसे मिलने के मौके
हम ढूंढ के लाते हैं
कोई बहाना ना अपने
साथ ले कर आना
कुछ जल्दी से आकर
कुछ देर से जाना
लेकिन! और किन्तु से
ना बात तुम करना
मेरे पर को भी मुझ से
दूर तुम करना
अब की बार जब
मिलने को तुम आना
अपनी खामोशी से भी
कह कर कुछ जाना।

© कवयित्री / सुषमा गुप्ता

तुमसे बातें

कई बार बात करना
आसान होता है
और कई बार सोचना पड़ता है
कुछ कहने से पहले
कई बार खत्म ना होने
वाली बातें होती हैं
और कई बार मन में
रखना पड़ता है
कुछ कहने से पहले
कई बार चुपचाप
सुनने का मन होता है
और कई बार समझाना पड़ता है
कुछ कहने से पहले
कई बार बात अधूरी
ही रह जाती है
और कई बार मन अधूरा होता है
कुछ कहने से पहले
कई बार लगता है कि
छोड़ दें बात करना ही
और मुश्किल हो
जाता है कैसे छोड़ दें
कुछ कहने से पहले

© कवयित्री / सुषमा गुप्ता

काल चक्र

सब सकून ढूंढ रहे
अपने गुनाह भूलाकर
परवाह नहीं किसी की
जी रहे है बस खुद को
खुदा बना कर
चारों तरफ अंधेरे
रोशनी को तलाशते
भटके हुए हैं राही
मंज़िल कोई बनाकर
साँस को तरसते
बेचैन हो रहे हैं
जाने कहाँ रुके अब ??
काल चक्र चला कर
दर्द बहुत गहरे
नासूर बन गए हैं
ज़िन्दगी जैसे थक गई
आराम को भुला कर
साथी कई बिछड़े
अपनों ने साथ छोड़ा
वीरान हुआ है जीवन
सब कुछ अपना लुटा कर

© कवयित्री / सुषमा गुप्ता

मन की बेचैनी

शायद इस ज़िन्दगी से कोई
मुकम्मल जवाब मिल जाये
मन की बेचैनी को कोई
आसान सा हिसाब मिल जाये

वो जो मुस्कुरा कर मिल गए
दिल का सकून मान कर
उनकों भी अपने हाल की
पुरानी कोई किताब मिल जाये

कई बार जगाया है आंखों ने
अधूरी नींद में हमको
उस अधूरी नींद को कोई
मुक्कमल ख़्वाब मिल जाये

बसी कोई याद इस दिल में
रुलाती आज भी हमको
छुपा दूँ उस याद को
ऐसा कोई हिज़ाब मिल जाये

गुजारी है यूँ ही ज़िन्दगी
जिस इंतजार की खातिर
उस इंतजार को एक दिन
राह पर वो जनाब मिल जाये

कभी ऐसा हो

कभी ऐसा हो
बिन मांगे कोई दुआ कबूल हो जाये
रात की नींद, दिन का चैन मिल जाये
भटकी हुई ज़िन्दगी को राह मिल जाये
अधूरे सपनों को कोई पूरा कर जाये

कभी ऐसा हो
कोई पुराने दर्द की दवा मिल जाये
किताब के खोए पन्ने मिल जाये
किसी मुश्किल का आसान हल मिल जाये
तलाश हो जिस मंज़िल की उसकी राह मिल जाये

कभी ऐसा हो
किसी बात की कोई शुरुआत कर जाये
मन के जज़्बात को फुरसत से सुन जाये
बिना कहे दिल की बात समझ जाये
आँख नम हो और वो वज़ह जान जाये

कभी ऐसा हो
रूठा हुआ कोई दोस्त नाराज़गी भूल जाये
थककर आने पर माँ के आंचल की छांव मिल जाये
कुछ भी कहे दुनिया अपनों का विश्वास मिल जाये
भूली बिसरी मेरे दिल की अपनी आवाज़ मिल जाये

© कवयित्री / सुषमा गुप्ता

शीतल छाँव वाला घर

एक शीतल छाँव
मेरी माँ का घर
मेरा मायका

जिसका नाम लेते ही
आँखों में मुस्कान
और नमी
एक साथ आती है

दिल में
याद और एक मीठा दर्द
एक साथ उतर जाता है

वो आँगन जहाँ
प्यार, लगाव, लाड़, मनुहार
और नटखट शैतानी
सब देखकर जिया
अपना बचपन

वो हर एक पल जहाँ
बहन भाई के साथ बितायी सुनहरी यादें

कभी रूठना, मनाना, गुस्सा हो जाना
और फिर रो कँर सब भूल जाना

छोटा कमरा

अपनी अलमारी
और उसमें कभी कुछ छिपाना
बताना और दिखाना अपनापन
समझना हिदायतों को और
फिर चुपचाप मान जाना

माँ की सीख
पापा की उम्मीद
और भैया दीदी की बातें
सुनना और फिर उसमें ही
अपना भविष्य देखना

छोटे भाई का साथ
उसकी हर बात मानना
और मनवाना

माँ का घर एक शीतल छाँव

© कवयित्री / सुषमा गुप्ता

वो दिन

वो भी क्या दिन थे जब सब साथ में
हुआ करते थे
हंसी ठिठोली मौज मस्ती में
शाम गुजारा करते थे
मन की बातें एक दुजे की आँखों से
पहचाना करते थे
स्कूल सब सखी साथ में जाया करते थे
पूरी सड़क पर साइकिल की लाइन
लगाया करते थे
सारा दिन साथ में, फिर भी शाम को मिलने की
जुगत लगाया करते थे
खत्म नही होती थी बातें गेट पर लंबा टाइम
निकाला करते थे
जो सखी ना मिले एक दिन उसके घर
पहुँच जाया करते थे
कई बार तो बीच रास्ते मे ही टकराया करते थे
लाइट जाने पर बाहर जमघट लगाकर
मोहल्ले के बुजुर्ग सबको कहानी सुनाया करते थे
दीवारों के दोनों और खड़े एक अलग महफ़िल
जमाया करते थे
लगड़ी टाँग, विष अमृत से गली में
शोर मचाया करते थे
कोई अगर करले चीटिंग तो कट्टा हो जाया करते थे
वो भी क्या दिन हुआ करते थे

© कवयित्री / सुषमा गुप्ता

जीवनसाथी

जीवन साथी
धीरे धीरे प्रेम तुम्हारा
बन गया जीने का सहारा

चाहे खुशी हो
या फिर हो गम
हमेशा रहा साथ तुम्हारा

मिलकर के ही
तो खिल पाया
प्रीत का उपवन हमारा

हर जन्म में
तुमको पाऊँ
जन्म जन्मांतर रहे साथ हमारा

अटूट विश्वास से
निभा है अब तक
हम दोनों का रिश्ता प्यारा

तुमसे ही मैं
मुझसे ही तुम
मिलकर बना रिश्ता न्यारा

उमा सिंह

व्यक्तिगत परिचय

जन्मतिथि	:	5 सितम्बर
पिता	:	श्री मधुसूदन सिंह चौहान
माता	:	श्रीमती कमला देवी
पति	:	लाल वीरेन्द्र प्रताप सिंह बघेल
शिक्षा	:	स्नातकोत्तर, डिप्लोमा टेक्सटाइल डिजाइनिंग,
सम्प्रति	:	सदस्य ज़िला महिला समिति शहडोल, समाज सेवी
लेखन विधा	:	छंदबद्ध, छंदमुक्त काव्य, गीत, कविता
प्रकाशित कृतियां	:	आओ मिलकर बहू बचाएँ, उड़ान साझा संकलन में प्रकाशन।
पता	:	पँचगांव हाऊस, सिंहपुर रोड, सोहागपुर (शहडोल)
दूरभाष	:	6260218115

बिटिया घर आ गयी

नेह भरी चितवन से
अंतस की पुलकन से
अंखियन की छलकन से
सबको समझा गयी
बिटिया घर आ गयी।

अंतर्मन का उछाह
प्रेमिल प्रमुदित प्रवाह
ममता के सागर में
लहरें उठा गयी।
बिटिया घर आ गयी

देहरी घर आंगन मे
जीवन के उपवन मे
सुरभित शीतल बयार।
कस्तूरी का प्रसार
तन मन सरसा गयी।

भोर की है ये उजास
चाँद का शीतल प्रकाश
दीपक की ज्योति है ये
पर्व – त्योहार में भी
रौनक सी छा गयी
बिटिया घर आगयी।

© कवयित्री / उमा सिंह

वक्त के अवशेष

खुशियाँ कुछ दूरी पे ही,
क्यों थम गयीं,
हो गयी कुछ भूल,
है ये कह गयीं।
दर्द आँखों से है छलका,
और आँखें नम हुईं,
लम्हों की ये खता है,
पर दण्ड सदियाँ पा गईं, ।
जिन्दगी का कारवाँ, चलता रहा,
वक्त सैकत सदृश, हाथों से,
फिसलता ही रहा,
जिन्दगी से समय का,
नाता है गहरा,
वक्त क्यों न किसी के
लिये है ठहरा।।
बाँटती खुशियों का अमृत,
ही रही मै उम्र भर, मेरे हिस्से मे बचा
अवसाद का फिर क्यों जहर।।
दूर तक फैली हुई तन्हाइया
साथ अब चलती रहीं परछाइयाँ
अब न जीवन में कही कुछ शेष है।
मन में ही गहरे बचे कुछ
कुछ वक्त के अवशेष हैं।

हुए पखेरू मौन

आज दिशायें दहल रहीं,
कुछ समझ न आता,
सड़कें हैं वीरान
लगे पसरा सन्नाटा,
विषब्यापी है फिजा.
हवायें बोझिल सी हैं,
हुये पखेरु मौन,
निरीह तकें बेचारे
गलियां सूनी पडी,
बन्द दरवाजे सारे,
नही गूँजती आज,
बोलियाँ वो पहचानी
गौरेया बैठी मुँडेर
लगती अनजानी
नही चाहिये मुझको कुछ,
दाना न पानी
बच्चों को भेजो न,
खेलें हम मनमानी

कुंडलिया छंद

कन्या का पूजन करें, आती जब नवरात,
लेकिन जब मौका मिले, कर जाते हैं घात,
कर जाते हैं घात, मनुज दानव बन जाते,
दिब्य अनूठा रुप, भूल कैसे हैं जाते,
अधम, नराधम नीच, त्रस्त इनसे जन जीवन,
आती जब नवरात, तभी ये पूजें कन्या ।।

भाग्य कर्म का खेल है, ये जीवन संग्राम,
दोनो के संयोग से बनते सारे काम,
बनते सारे काम, करें सत्कर्म हमेशा,
सच्ची पूजा कर्म, यही है धर्म हमेशा,
बनता है शुभयोग, मेल सत्कर्म भाग्य का।
ये जीवन संग्राम, खेल है कर्म भाग्य का।।

© कवयित्री / उमा सिंह

आज संध्या ने किया

आज संध्या ने किया
लगता नवल श्रृंगार है।

आलता, संग हल्दी मेंहदी,
रंग मिल एकसार है।।

डाल रंगोली प्रत्यूषा,
सजाती नभ द्वार है।।

है चुनर सतरंगी सी,
आँचल सिन्दूरी लाल है।।

देखकर छवि छटा न्यारी,
मोहता संसार है,

यामिनी सुरमा लगाने को
खडी.तैयार है।।

पैंजनी किरणों की झिलमिल,
महावर रंग, पग लगा।।

लौटती प्रत्यूषा रवि संग
गगन रंगोली सजा।।

विजया घनाक्षरी कोरोना पर

दस्ताना पहने हाथ, मुख पर लगा मास्क,
करें सब काम काज, जीवन को बचाइये।

अजब करोना काल, जिन्दगी हुई मुहाल,
काढा.बनाकर अब, सबको ही पिलाइये।

दूर दूर लोग आज, जुडे.न कोई समाज,
दूर रहकर सभी, से दूरियाँ बनाइये।

बन्द हुए सारे माल, बन्द हैं सिनेमा हाल,
मोबाइल है कमाल, बैठकर चलाइये, ।।

© कवयित्री / उमा सिंह

एक दीप नेह का

एक दीप नेह का
एकदीप सत्य का,
एक सद्भाव का,
पंथ पर जलाइये,
भटके हुए राही को,
रास्ता दिखाइये।
छँट जाये कलुष मन,
आलोकित अंतर्मन,
दिव्य पावन एक,
आत्म ज्ञान का जलाइये।
झिलमिल तारे हैं गगन
रैन अमावस की गहन,
विष्णुप्रिया आगमन,
स्वागत मे माँ के,
दीपमालिका, सजाइये।
आई है, दीवाली
लेकर खुशहाली,
माँ के आशीष से,
सुख और समृद्धि संग,
मन को सदभाव से,
समृद्ध बनाइये।।

आगत का स्वागत करते हैं

आगत का स्वागत करते हैं,
विदा विगत की शाम
कालचक्र गतिमान निरन्तर,
अविरल और अविराम।

नियति नटी के रथ का पहिया
लेता नहीं विराम।
नया वर्ष अभिनंदन वंदन,
पुलकित सकल जहान।

नव विहान लेकर के आये,
नव ऊर्जा नव प्राण,
मुखरित फिर हों राग सुरीले,
विहंग वृन्द का गान।

सुरभित फिर से हो वातायन,
चेहरों पर मुस्कान,
शक्ति स्वास्थ्य संपदा,
जगत को मिलें मिटें संताप।

इस जगती का त्रास हरो अब,
कृपा करो सुखधाम।

© कवयित्री / उमा सिंह

धरती पर शबनमी बिछौना

बरस रहा है नभ से सोना,
किरणों से जगमग हर कोना,
धरती पर शबनमी बिछौना।
तृण नोकों पर ओस है ठहरी।
मुक्तावलि लड़ियाँ ज्यों बिखरी,
भानु रश्मियाँ अक्स बनाती,
इन्द्रधनुष के रंग सजाती।
हीरक की कनियों सी झिलमिल,
सतरंगी आभा भर जाती।
रवि का तेज किरण की ऊष्मा,
इनको आत्मसात कर जाती।
साँझ ढले फिर नवल रुप दे,
रजनी का आँचल भर जाती।
पुलकित होकर मुग्ध यामिनी,
मुक्ता फिर से बिखरा जाती।।
निमिष मात्र को सँग में इनके,
इन्द्रधनुष के रंग सजाती।।

© कवयित्री / उमा सिंह

अनुपम सिंह

पति : रवि सिंह (देव)

पिता : रघुनंदन सिंह

माता : संजू कुमारी

जन्मतिथि : 02 अक्टूबर 1998 मेहंदीपुर, खगड़िया (बिहार)

शिक्षा : अंतर स्नातक, कला विभाग–संगीत (प्रभाकर– विशारद, बीपीए), तबला–प्रवीण (एमपीए), पेंटिंग डिप्लोमा, नृत्य डिप्लोमा

प्रकाशित रचनाएं : नव दैनिक जागरण गुरुग्राम हरियाणा में ग़ज़ल, कविताएं, कहानियां, लघु कथा एवं साहित्यिक रचनाएं पत्र-पत्रिकाओं में लगातार प्रकाशित

संपादन : सामयिक परिवेश बिहार अध्याय के उप संपादक (संचालिका)

प्राप्त सम्मान : अनेकों मंचों के द्वारा सम्मानित सम्मान पत्र एवं संगीत विभाग से ज़िला स्तरीय अवार्ड राज्य स्तरीय तथा सम्मानित सम्मान पत्र प्राप्त।

एकल संकलन : देवंजना एवं संगीत प्रश्नोत्तरी (शीघ्र ही प्रकाशित होगी)

संपर्क : गांव-मेहंदीपुर, ज़िला-खगड़िया

मोबाइल नंबर : 9955017312, 6287517178

चल मुसाफ़िर

चल मुसाफ़िर चलते जा,
हर एक गम.को सहते जा,
कोई रास्ते में कांटे बिछाएगा,
तो कोई तेरा साथ छोड़ जाएगा,
लेकिन तुम्हें चलना होगा,
अपने मंजिल के वास्ते ।।
हर पथ पर
जरूर कांटे बिछे होंगे
तेरे गिर जाने के वास्ते
कभी मन के गांव में
कभी पीपल के छांव में
चाहे मौसम जो भी हो जाए
मुश्किल से भरी या अलबेली
अपना जान भी दांव लगा देना ।।
तेरे कदम को खींचने
कोई लाख पुकारे राही
फिर भी पीछे ना मुड़ना
चाहे खास हो या कोई अनजाना,
राही कभी रुकना नहीं
और कहीं पर झुकना नहीं
चल मुसाफ़िर चलते जा
हर एक गम.को सहते जा ।।

© कवयित्री / अनुप्रिम सिंह

कहर भरी रातें

वह कहर भरी सुहानी रातें,
जब मैं सिसक रही थी,
तो सुनने वाला न था कोई,
सिर्फ़ ओसं की बारिश थे,
बर्फ़ की फुहार मीठी रातें, ।।

चल रही थी हल्की –फूल्की,
वो चांद के तारों से सौगातें,
ठिठुर रही थी और,
कांप रही थी ओंठ,,
कांप रही थी बांह,
गिर रही थी ओस.की फुहारे, ।।

टपका रही थी आंखें,
मोहब्बत की दर्द भरी आंसूओं,
कोई देख ना ले,
सोच –सोच कर और,
धड़क रही थी धड़कने,
ख़ुद ही पूछ रही थी आंसू.
गिर रही थी ओस. फुहारे, ।।

कि कोई सुन ना ले,
कप –कपाती हुई होठों,
इसीलिए अकेले में ही,
कर रही थी ख़ुद से ही,
अपने मन से मन की बातें,

और ओसं में साथ दे रहे थे,
वो ठंडी सी बहारें रातें।।

रुक न रही थी आंखों के पानी,
आंसू मिलके संग संग,
ओसं के कई बूंदे,
संग चलने की खा ली कसमें,
पता नहीं कैसी थी,
कहर वाली रातें,
बर्फ़ की फुहार मीठी रातें,, ।।

कर रही थी आंसुओं,
भावनाओं के ढेर सारी,
दर्द.से भरी बातें,
थम सी गई थी और,
अटक गई थी हमारी सांसे,
कहर से भरी कि वह रातें,
बर्फ़ की फुहार और मीठी रातें,
पता नहीं कैसी थी,
कर भरी सुहानी रातें,, ।।

© कवयित्री / अनुपम सिंह

कलम की ताकत

अपने आप में बनाओ एक हौसला
छोड़ो दुनियादारी फिर करो फैसला
सिर्फ है मंजिल को अब पाना
टूटे हुए सपनों को सजाना।।

अगर कोई लेता कलम थाम
नेही–स्नेही और चौक चौराहे
उसका हर समय सभी जगह
भरी सभा में होता है नाम ।।

रचेंगे नया इतिहास जीवन सारी
भरी स्याही से है कलम हमारी
कलम की ताकत कम ना आँको
अपने अंदर की ज्ञान को झांको।।

जब हर कोई देते है नकार तो
कलम ही करते सपना साकार
कोई नहीं देता है जो सम्मान
कलम ही देता नया पहचान ।।

हां, मेरी खता हैं

हां मैंने मोहब्बत.की
इसमें मेरी क्या खता है?
मैंने तो अपने हर सपने
छोटी से बड़ी ख्वाहिशें
जीवन भर के लिए त्याग कर
साथ जीवन बिताने को
और प्रेम और वादे
निभाने की कसम
खाई, यही मेरी खता है।।

अपना घर छोड़ आई
नया घर, परिवार अपनाई
ननंद को बहन समझी
देवर को भाई समझी
पति को भगवान मानी
क्या, यही मेरी खता है!!

अनजान से रिश्तो को भी
बिना सोचे समझे अपना बना ली,
दुख -सुख और तन- मन से
पूरे परिवार के रही साथ
क्या यही मेरी खता है!!

© कवयित्री / अनुपम सिंह

हर नारी की कहान

हर नारी की एक ही कहानी
कैसे बयां करूं
अपने अंतर्मन में छिपाती है,
हर पीड़ा, स्नेह लुटाती है, और
स्वयं ही प्रेम की प्यासी फिरती ।

एक नारी की दर्द की व्यथा
एक नारी ही उसको समझती
कुछ कर गुजरने की क्षमता
मर्द से ज्यादा होती है ममता
नारी को मर्द.समझते हैं
धरती की मिट्टी के तरह धूल.
कर बैठते हैं सबसे बड़ी भूल.
हर पीड़ा सहकर घर बसाती
एक की चाहत में ज़िंदगी बिताती
उसके अंदर आग सी सिसकती
दम तोड़ने तक भी वह किसी को
अपने अपमान से उफ़ ना करती
हर नारी की एक ही कहानी
कैसे बयां करूं उनकी जवानी ।।

© कवयित्री / अनुपम सिंह

मैं फिर हंसना चाहती हूँ

मैं फिर से एक बार
मुस्कुराना चाहती हूं
जो दौर गुज़र चुके हैं
उसे भूलाना चाहती हूं।।
जिसे बताओ कहानी
वह बीते परेशानी तो
मज़ाक बना देता है
वैसे ज़िन्दगी फिर से
कभी न लाना चाहती हूं।।
मत सोचो दिल.मेरा
कौन क्या कहेगा ये
ज़ालिम सी दुनिया
अपनी नकली सी
मुस्कुराहट के साथ
मैं फिर से एक बार
हंसना चाहती हूं ।।
अपने गम.को नीलाम.
कर देना चाहती हूं
खुद के लिए ना सही
तो दूसरों के लिए ही
मैं फ़िर से एक बार
जीना चाहती हूं ।

सोचू तुझे हर पल

सोचती हूं तुझे ही हर पल.
मेरी धड़क्रन बन धड़कता है
मेरे जीवन में और क्या?
इन सांसों में तू ही बसता है
चांद तारे फीके है तेरे सामने
अगर तेरी मोहब्बत ना मिले तो
सारी दुनिया बंजारा सा लगता है।

जिधर देखूं, उधर तो
बस तू ही तू नज़र आता है
मन बहकता और दिल धड़कता
फिर कहीं तू खो जाता है
और कहीं मैं खो जाती हूं।।

यह दिल.दिन रात तेरा ही
नाम को देव –देव जपता है
दूसरा देवता पुकारता है
जिस तरह कई नदियां
समंदर में मिल जाता है
उसी तरह हर मेरी भावना
इच्छा और एहसास.की डोर
तेरे दिल.को चीर के निकलता है
और तुझ में ही समा जाता है।।

© कवयित्री / अनुपम सिंह

ग़ज़ल

दर्द.छलक जाता है जब तेरी याद सताए,
तेरी इंतजार में हमसफ़र सारी उम्र बीत जाए।।

ज़िंदगी में कितने भी आगे हम.निकल जाए,
फिर भी तेरे दिए हुए दर्द.हम भूल ना पाए।।

हमेशा दिल तड़पा है मोहब्बत.को निभाते हुए,
हां वहीं देर रात.तक तुम्हारी यादों में जगाते हुए।।

याद है तेरा पहली दफ़ा यूं मुस्कुराते हुए,
इक़ उम्र फिर लगेगी दिल.को बनाते हुए।।

© कवयित्री / अनुपम सिंह

www.ingramcontent.com/pod-product-compliance
Lightning Source LLC
LaVergne TN
LVHW031241190726
843493LV00010B/2967